ずるりと身体が落ちる。体内を引き伸ばされる感覚が臍のほうへと上がってくる。いや、実際には舟のほうが落ちていっていた。
「や、ひら…っ、ひらく」
奥へ奥へと拓かれていく。

幼《おさな》馴《な》染《じ》み～荊《いばら》の部《へ》屋《や》～

沙《さ》野《の》風《ふ》結《ゆ》子《こ》

ILLUSTRATION：乃《の》一《いち》ミクロ

幼馴染み～荊の部屋～

LYNX ROMANCE

CONTENTS

幼馴染み～荊の部屋～

プロローグ

雨のせいだろうか。喪服がまるで皮膜のように、肌にぺったりと張りついている感じがする。

古びて目の甘くなった畳が八枚敷き詰められた居間。そこに正座する石井舟《いしいしゅう》は黒いネクタイを緩め、ワイシャツの首もとのボタンを外した。俯《うつむ》くかたちで伸ばした項《うなじ》に細長い指を這《は》わせる。細いフレームの眼鏡がわずかに鼻先へと滑った。

長年にわたってこの一戸建ての家屋を支配しつづけてきた息苦しい閉塞《へいそく》感はその核であった人間を失ってもなお、やわらぐことはないらしい。

外の空気を吸いたくなって、舟は折り畳んでいた脚に力を籠《こ》めて立ち上がった。ふらつく。痺《しび》れて感覚の麻痺《まひ》した脚をなんとか繰り、居間から廊下に出て、玄関へと向かう。

靴に足を入れながらふと横を見ると、おとといの朝に死んだはずの女がこちらを見ていた。ギョッとして瞬きをすると、女も切れ長な目で瞬きをする。瞬きをするごと、女の顔は眼鏡をかけた男の顔へと塗り変えられていく。

シューズボックスのうえの壁に吊るされた鏡に映る自分の姿だった。

肉の薄い卵型の輪郭に、神経が細そうな印象の鼻梁《びりょう》。唇は色も膨らみも淡い。髪と一重の目の色は、この玄関の薄暗がりでも際だつほどに黒い。

顔立ちはいいのに――と言われたことが何度かある。

のに、のあとに続くうやむやにされる言葉はわかっている。母に対して、ずっと感じていたものだ。

肺に充満する湿った重たい空気を吐き出して、舟は玄関から外に出た。雨に打たれるのもかまわずに、俯いたまま胸高の門を開く。開きかけて、動きを止めた。

ゆるやかに傾斜するアスファルトの道を黒々と染めて、雨水が薄く流れていく。その流れのなかに、こちらに爪先を向けたひと組の革靴があった。男物で、少し癖のある美しいフォルムをしている。

舟はのろりと目を上げた。

雨に灰色に霞《かす》む、見慣れた住宅街。家の前を通る一方通行にしては広い坂道。そこに立つ、黒い傘を差した男。

舟の口は音を出さないまま、小さく「あ」のかたちを作る。呆《ほう》けたように、そのままますべての動きを止めた。

チャコールグレイのスーツを長軀《ちょうく》に纏《まと》った男が、傘をわずかに持ち上げる。

彼は十センチほど高い位置から舟と視線を重ねると、昔と同じように涙袋を浮き上がらせた。笑っているようにも人を小馬鹿にしているようにも見える、華やかな表情で。

「よお」

能登敦朗《のとあつろう》が、短く声をかけてきた。


真新しい位牌《いはい》に焼香して手を合わせてから、能登が座卓の向こう側で胡座《あぐら》をかく。舟は椀《わん》に茶を注いで彼の前へと滑らせた。

入梅してから、三ヶ月ほども暦を戻したかのように肌冷えする日が続いている。能登がどれだけのあいだ道路に立っていたのかわからないが、靴やスラックスの裾《すそ》はずいぶんと濡れていた。

温かい茶を啜《すす》って、能登が目を細める。

まだらに茶色と灰色が入り混じる眸《ひとみ》の虹彩《こうさい》。平行にくっきりと折られた二重の目。強い鼻筋。上下ともに膨らみのある、横に大きな唇。いくらか傲慢な様子の眉。質の高いパーツを収める輪郭は、記憶のなかのそれよりも厳しくて男らしい。

色素の薄い髪を掻き上げる左手を、舟は目で追う。結婚指輪はしていなかった。

そんなことを気にする自分に苦い気持ちが湧く。

いまさらながらに、能登敦朗がこうして目の前にいることに強い困惑を覚えていた。緊張に身体が強張り、呼吸がぎこちなくなる。

焼香させてほしいと言われたからといって、なぜこの男を家に上げてしまったのか。いきなりの再会で動揺していたとはいえ、迂闊《うかつ》すぎた。

「舟」

濡れた唇で名前を呼ばれて、心臓が竦《すく》む。

「十年ぶりだな」

「もう、そんなになるんだ？」

大して関心がないように返すと、能登の声にかすかな苛立《いらだ》ちが混じった。

「そうだろう。高校を出て以来だ」

この十年間、どちらかが本気で会おうと思えば、自分たちはいつでも連絡を取って会うことができたはずだ。

なんといっても、ふたりの実家は五メートル幅のゆったりとした一方通行の坂道を挟んで、はす向かいに建っているのだから。道路の傾斜のぶんだけ、舟の家の門のほうがわずかに低い位置にある。

「舟は、いまはなにをしてるんだ？」

「医療機器の専門商社で経理をしてる」

「いまでも数字が好きなのか？」

浅く頷《うなず》く。正確に計算を重ねていけば確かな答えに辿り着けることに安堵を覚える。逆に、計算どおりに答えが出ないものは苦手だ。その最たるものが、深い人間関係だった。

それはスライムのように掴《つか》みどころがなくて、予想外のかたちにぐにゃぐにゃと変形していく。うまく積み重ならず、なま温かく蕩《とろ》けて、ついには自分がなにを望んでいたのかもわからなくなる。それに埋もれて窒息してしまいそうになる。

能登との関係も、そうだった。

「能登は」

いまの距離を示すために、あえて名字《みょうじ》で呼びかける。

「実家の会社に？」

彼の父親は、名の知れた製薬会社の社長だ。同族経営で能登の親族の多くがそこに籍を置いている。

能登の年の離れた兄も入社したはずだ。

能登の眉尻がグッと上がる。攻撃的な気分になっているときの表情だ。

「いや。コンサルティングマネージメントをしてる」

「コンサルティングって、経営の相談に乗ったりする？」

「ああ。大学を出てからそっち系の会社に入って、去年独立した」

大学という響きに後ろめたい記憶を刺激されて、舟の頬は強張る。

「起業したんだ？」

「まぁ、そうだな」

「……能登らしいな」

いかにも能登敦朗らしい人生だ。離れていた十年間も、彼は華やかに強引に次々とハードルを乗り越えていったのだろう。

自分と能登の距離は、開く一方だったわけだ。

線香の煙が湿っぽい空気に沈められて、畳の目へと染みこんでいく。長い沈黙が落ちていた。

ようやく能登が立ち上がる。玄関まで送ろうと、舟も腰を上げかけたが。

なぜか能登が座卓を回って近づいてきた。正面から両肩を掴まれて、立ち上がるのを阻止される。

「能登？」

高圧のエネルギーを発する長躯が、舟に覆《おお》い被《かぶ》さるように畳に膝をつく。

間近に寄せられた顔はひどく不機嫌そうだ。

大きな手が、肩から胸へと滑り落ちる。喪服のジャケットに皺《しわ》を寄せながら平らな胸をまさぐる。

「……ぁ」

身体の内側でなにかが弾けるような衝撃が起こった。とたんに十年前のことが鮮明に甦《よみがえ》ってきた。

なまなましい体感が全身に散り拡がって、舟は狼狽《ろうばい》し、能登を押し退《の》けようとした。

揉《も》みあいになったまま、能登がジャケットの前ボタンに指をかける。

「やめ、て」

十年前と同じように掠れ声で訴える。

そしてその時と同じように、能登はやめてくれなかった。

ボタンが取れかかりながらホールを抜ける。仰向けに畳に押し倒され、眼鏡が外れそうになる。

能登は腿《もも》のうえに跨《また》がると、舟のジャケットの前を大きく左右に開いて捲《まく》った。露《あら》わになった内ポケットを探る。

「ここにはないのか」

低い声でそう呟《つぶや》くと、続けてジャケットの外側のポケットもすべて検《あらた》める。スマートフォンと白いハンカチ、キーケースが畳に放られた。

「アレはどうした？」

「……もう、持ってない」

「嘘つけ」

ワイシャツの脇の下をきつく摑まれて、身体の輪郭を剝《む》き出しにしながら脇腹へと手が伝い下りていく。

抵抗しなければと思うのに、布一枚を隔てて感じる男の手指は昔と同じように熱くて強引で、舟の肌は粟立《あわだ》っていく。身体中の関節から力が失《う》せる。

薄いウエストをグッと絞めつけてから、スラックスの左右のポケットへと太さのある指が入りこみ、くねりだす。際どい場所を捏《こ》ねられて、腰に寒気にも似た痺れがまとわりつく。陰茎の側面を指先で搔かれると身がヒクッと震えた。

「ここにもないな」

ポケットから指が抜けていく。

視線が合う。

涙袋をせり上げて甘さと毒の入り混じった表情を浮かべた男が、舟の両脇に手をついて上体を伏せる。

能登の肉体と香りが深く迫ってきて、気持ちをねっとりと掻き混ぜられた。火照《ほて》りだした頬を吐息がくすぐる。

「やっと血が通ってきたな」

眉を歪《ゆが》めて、舟はきつく顔をそむけた。

湿っぽい畳から線香の香りが漂う。

能登が腕の突っ張りを外した。すべての体重がかかってくる。力強い手がジャケットの内側に入りこんで背中を撫《な》でまわす。

「やめてくれ」

荒々しい男の動きに、腰の後ろ側の筋肉がキュッと収縮して弓なりに背中が浮き上がる。大きな掌《てのひら》がその弧のかたちを味わいながら下っていく。

「あつろう…」

十年分の距離を保てなくなって、下の名を口走ってしまう。

緊張に硬く丸まっている臀部《でんぶ》を、左右それぞれに鷲《わし》摑みにされる。ヒップポケットごと摑んだまま、能登が動きを止めた。嗤《わら》い含みの声で呟く。

「見つけた。舟の大切な――」

1

リノリウム張りの階段が、下方へと伸びている。

その一番うえの段に腰掛けた舟が背を凭《もた》せかけている鉄扉は、小学校の校舎の屋上へと繋《つな》がるものだ。扉に嵌《は》められた磨《す》りガラスが鈍く光って、空間をほのかに照らす。

舟《しゅう》は白い息を吐き、強張る頬を掌でゴシゴシと擦《こす》った。すぐに鼻先に滑る黒縁眼鏡を両手でかけなおす。

十二月の寒気が扉から背中へとジンジンと染みて、痛い。痛いけれども、背中を扉に押しつける。凍える小さな手をジーンズのポケットに入れる。指に触れたものを握り、引っ張り出した。

紺色のお守り袋だ。家内安全と白糸で刺繍《ししゅう》されている。

舟は躊躇《ためら》いなく袋の口の飾り紐《ひも》を緩め、逆さまにして振った。掌にそれがぽとりと落ちる。その輝きを眺めていると、ひんやりとした安心感が胸に拡がる。

左手の人差し指で、それをなぞる。先端に指の腹を置いて力を籠めれば、ぷつんと皮膚が弾ける。数秒の空白ののちに、赤い粒が生まれた。

盛り上がっていく赤に見惚《みと》れていると、ふいに階段を駆け上がってくる足音がどん詰まりの空間に響いた。

事故防止のため普段は屋上には出られないことを在校生ならみんな知っているから、給食後の昼休みにここに来る人間などいないはずなのに。

舟は動転して立ち上がった。手からお守り袋とそれが滑り落ちる。

「あっ」

慌てて拾おうとしたけれども、それよりも早く、踊り場に人影が飛び出してきた。上履きの底をキュッと鳴らして方向転換した相手はそのまま階段を数段上ってから足を止めた。

扉の窓から射すぼやけた光が、見上げてくる彼の顔を照らす。色素の薄い、ゆるい癖毛。シャツのうえに薄いダウンのノースリーブパーカーを重ね、すんなりした脚はカーゴパンツに包まれている。

相手が白い息をふわっと口元から漏らす。

「あれ、お前」

綺麗《きれい》な二重の目が舟をじっと見る。

「同じクラスの——えーっと、石井《いしい》だっけ？」

舟のほうは相手の名前をはっきりと記憶していた。

能登敦朗《のとあつろう》。

ものすごく格好いいと女子たちが騒いでいる、おとといやってきた転校生だ。二月十四日の誕生日がまだ来ていないから十歳なのだが、九月生まれで十一歳の舟よりもずいぶんと背が高い。

舟がぎこちなく彼の足元に視線を下げると、能登もまた釣られたように下を見た。そして小首を傾《かし》げる。

能登の立っている階段のひとつうえの段に、お守り袋の中身が落ちていた。能登が腰を曲げてそれを拾い上げる。

「あのっ、それはっ」

ふらふらと数段階段を下りながら取り戻そうと手を伸ばす。しかし、能登は返してくれずにためつすがめつしてそれを眺めた。

彼の強い膨らみのある唇がいびつなかたちになる。額に落ちかかる髪のあいだから、妙に煌《きら》めく淡色の眸が舟を射た。

「これ、お前の？」

咄嗟《とっさ》に誤魔化《ごまか》すこともできなくて、舟は頷いてしまう。

すると、能登が愉《たの》しくてたまらないように涙袋を膨らませた。人差し指と中指のあいだに挟んだそれを揺らしてみせる。

「なんでカッターの芯、持ってんの？」

「……か、替え芯、だよ」

しどろもどろに答えると、転校生は眉尻をクッと上げた。

「替え芯をこれに入れてんだ？」

もう片方の手で、二段うえに落ちていたお守り袋を拾い上げる。

「ちが――」

「これに入る大きさに折ってあるじゃん」

お守り袋とカッターの芯が重ねられる。

「バチアタリ」

なにも言えなくなって俯くと、能登はカッターの芯をお守り袋にしまってパーカーのポケットに入れてしまった。致命的な弱みを握られた心地になって、舟は冷たい汗に濡れる手を胸の前で揉みあわせる。左手の人差し指が、右手の甲に赤い線を引く。

能登が舟の背後の扉を指差した。

「そこ、屋上だろ。出られんの？」

青ざめた困り顔を横に振ると、「つまんねーの」と呟いて能登は踵《きびす》を返した。そのままリズミカルな足取りで階段を下りていく。

膝の力が抜けて、舟は階段に臀部を打ちつけた。

「どう…しよ」

あの転校生は教室に戻って、舟が凶器を持ち歩いていることを言いふらす気なのかもしれない。ただですら教室に居場所がないのに……。もしも担任教師に知られたら、母親が呼び出しを受けるかもしれない。そうなったら、母の病気は悪化するに違いない。

「どうしよう……どうしよう……」

白い息が不安定に漏れていく。

まるで世界の終わりみたいに感じられて、昼休みが終わるチャイムが鳴っても舟は教室に戻ることができなかった。


転校生が来て、一週間がたった。

外見も性格も華やかな能登敦朗は、女子ばかりでなく男子たちにも一目置かれる存在となり、あっという間にクラスの中心人物になった。彼はただ綺麗なだけの王子様ではなく、人に従僕となる喜びをいだかせる王様だった。

舟はそんな権力者に弱みを握られてしまったのだ。彼が指示すれば、クラス中が舟に襲いかかるのだろう。これまでみたいに、いるのにいないみたいに扱われるのとは、わけが違う。

今日こそは秘密をバラされるのではないかと思うと、学校に行くのが怖くてたまらなくなる。

あれ以来、カッターの芯を返してもらっていないどころか、ひと言も言葉を交わしていない。しかし能登が影の薄いクラスメートである石井舟のことなどどうでもいいと思っているかというと、そういうわけでもないらしい。教室にいるとき、ふとした瞬間に目が合う。そんなとき能登の煌めく淡色の眸が先にそらされることは決してなく、いつも舟のほうが黒い目を伏せる。伏せても、いつまでも見られているのを感じる。

しかも最悪なことに、能登と舟の家とは一方通行道路を挟んで斜め向かいにあった。

能登邸はその界隈《かいわい》の家の四、五倍はあるだろう敷地に建てられた白壁の美しい一軒家で、能登家の主人は大きな製薬会社の社長なのだという。

石井という名字はよくあるから、表札だけでは舟の家とは気づかれないだろう。舟は登下校のとき、能登と道で一緒にならないようによくよく気をつけた。

そしてこのまま、能登が自分への関心を失ってくれることをひたすら願った。

しかし、そうなる前に真逆のことが起こったのだった。能登がやたらと舟のことを見ているのが面白くなかったらしい。三時間目と四時間目のあいだの五分休みのとき、能登の取り巻きのうちのひとりが教室で大声で言ったのだ。

「石井んちって、ヤバいよなぁ」

近くにいた女子が口をへの字に曲げて反応する。

「怖いよね」

舟の家の異様さはクラス中が知っている。そのせいで、みんな舟と距離を置いているのだ。

能登が興味を引かれた顔で訊《き》く。

「どうヤバいの？」

言いだした男子が嬉々《きき》として答える。

「猫殺すんだぜ」

「へぇ。どうやって？」

「塀とかベランダとかに仕掛けがあってさ、それで殺すんだ」

舟は思わずガタンと椅子を鳴らして立ち上がった。酷《ひど》いことを言うクラスメートを睨《にら》みつける。反論に震える唇を開きかけたが、そこで四時間目の開始を告げるチャイムが鳴った。

入ってきた先生は眼鏡越しに立ちすくんでいる舟をちらと見てから、室内を素早く見回した。奇妙な空気が漂っているのを感じただろうに、いつもの気弱げな笑顔で授業を始めた。

いつにも増して居心地の悪い学校での時間を終えて、舟はランドセルを背負うと逃げるように家へと向かった。小走りになりながら、何度も掌で目を拭う。自分の家が変なのはわかっている。家が変だからきっと自分も変なのだろう。それで避けられるのは仕方ないと思う。

――でも、嘘なのにっ。

猫を殺したことなんてない。それなのに殺したことにされるのは、口惜《くや》しくて悲しくて、とても受け入れられなかった。

目と鼻を赤くして家の門に手をかけたとき、舟はランドセルを後ろにぐいと引っ張られてよろめいた。慌てて振り返ると、能登敦朗が立っていた。

しまった、と思うけれども手遅れだった。

自分の感情にいっぱいいっぱいで、能登が近くにいないか確かめるのを忘れてしまった。

能登が手を伸ばして塀の頂《いただき》に触る。そこには逆さまにした剣山がいくつも並べて接着剤で固定されていた。錆《さ》びた剣山の針に指先を載せながら能登が訊いてくる。

「変な家があると思ってたけど、お前んちだったんだな」

動転するのと同時に、舟はこれまで経験したことがないような恥ずかしさに襲われていた。

斜め前に建つ能登の家はまるでお城みたいに立派で、能登はその家の子供に相応《ふさわ》しい眩《まぶ》しさを備えている。

自分がなにもかも情けないように、能登はなにもかもが完璧なのだ。舟は自然と項垂《うなだ》れてしまう。

そのまま門のなかに逃げこもうとすると、質問を投げかけられた。

「これで猫を殺したのか？」

「…っ」

舟は思わず振り返って能登を睨みつけた。それだけはどうしても否定したかった。

「ちがう！」

自分でも驚くぐらい大きな声だった。能登も驚いたのか、目をしばたたく。そして確認してきた。

「猫は殺してない？」

「け、怪我《けが》した猫はいた、けど、ちゃんと病院に連れていって、手当てした――それに、猫が近づかないように、した」

しどろもどろに言いながら、舟は家の塀の下のほうを指差す。そこには水を入れたペットボトルがずらりと並んでいる。猫が塀に上って怪我をしないように舟が置いたのだ。

「なーんだ。すげぇ猫が嫌いな家かと思ってた」

能登が呟き、鋭い視線を舟に向けた。

「なんで学校で違うって言わない？」

「え？」

「殺してないなら、殺してないって言えよ」

「――無理、だよ」

「なんで？」

彼ならば違うことは違うとはっきり言えるのだろう。周りもそれに耳を傾けてくれるのだろうけれども……。

黙りこんでしまうと、能登が眉尻を上げた。そして舟を押し退けて門を開き、敷地へと侵入した。

「の…能登くんっ!?」

「鍵かかってんじゃん」

玄関のノブを掴む能登の腕を、舟は両手で掴んだ。

「な、なに、勝手に」

「お前の部屋に行く」

「ダメ……ダメだよっ」

物心ついてから家族以外を部屋に入れたことはなかった。母はいつも人を呼べないほどピリピリしているし、そもそも舟には遊びに来てくれる友達がいなかった。

だから急に部屋に入られるのは、この場で裸になれと言われるのと同じぐらいあり得ないのだ。

それなのに、淡色の横目に脅される。

「アレのことみんなにバラす？」

舟は目を見開く。

アレとは、お守り袋の中身のことだろう。舟が首を小刻みに横に振ると、能登が命じる。

「じゃあ、鍵開けろよ」

拒否権はなかった。ポケットから鍵を出して鍵穴に挿す。

「お前んちって共働き？」

「……母さんはいるけど、出ないことが多い」

「変なんだな」

ストレートな言葉が背中から心臓に突き刺さる。

舟が涙ぐみながら玄関を開けると、能登は「お邪魔しまーす」と明るい元気な声で挨拶をしながらずかずかと家のなかに入った。きちんと揃《そろ》えて靴を脱ぐ。

「部屋、二階？」

頷くと、玄関からすぐのところにある階段を上りだす。舟は慌てて靴を脱ぎ散らかしてあとを追った。

「どっち？」

二階には部屋がふたつある。父親のものと舟のものだ。

舟は最後の懇願を試みる。

「入らないでよ」

能登が舟のほうを見て、ニッと笑った。学校では見せることのない、驚くほど意地の悪い笑顔だった。その笑顔のままで手前のドアノブを掴み、舟の了解も待たずに開けてしまう。

舟は握った拳を震わせ、目を閉じてきつく俯く。

——酷いよ……嫌いだ。

能登敦朗は突然、舟の世界に現れた。そして舟の弱みを握り、いまはこうして舟の部屋にまで入りこんでいる。

「なーんだ。普通じゃん」

期待外れだったらしくつまらなそうに言うのが聞こえてくる。つまらないなら早く出て行けばいい。それなのにいつまでたっても出てこないし、物音も聞こえてこない。

廊下で待っていられなくなって、舟はおそるおそる自分の部屋を覗《のぞ》きこんだ。

能登は舟のベッドでうつ伏せになって、週刊の少年漫画雑誌を読んでいた。でもそれは半年ほど前に発売されたもので、そんなものしか持っていないことが無性に恥ずかしくなる。

能登が雑誌から目を離さずに、ベッドの足元で唖然《あぜん》としている舟に言いつける。

「ジュース。コーラでいいや」

下唇を噛《か》んで立ちつくす舟に、さらに言葉が放られる。

「バラす？」

「…っ」

舟は一階に下りて冷蔵庫を開けたが、コーラは入っていなかった。代わりにオレンジジュースをグラスに注いで持って上がると、コーラを買って来いと命令された。なけなしの小遣いを握り締めて、近くのコンビニエンスストアまで買いに行った。

缶コーラを差し出すと、能登はようやく漫画から視線を外して起き上がった。ベッドのうえに胡坐をかいて、コーラを喉を鳴らしてうまそうに飲む。プハーッと大きく息を吐いた能登が床を指差した。

「座れば？」

舟はそこに力なく尻を落とし、立てた両膝をキュッと抱えた。

能登が顎を上げて、わざと角度をつけて見下ろしてくる。

「で？」

なにを訊かれているのかわからなくて舟が眼鏡の下の眸を不安に揺らつかせると、能登が目を細めた。パンツのポケットに手を突っこんで、家内安全のお守り袋を取り出す。舟のものだ。慌てて手を伸ばす。

「返して」

能登が袋を開いて中身を取り出す。

「誰を切り裂く？」

「……」

切り裂くという言葉の恐ろしさに、舟は顔を歪めた。項が冷えて、細かい汗が浮かぶ。まるですでに誰かを殺してしまったかのような心地になる。

能登がベッドに手をついて、身を乗り出す。茶色と灰色がまだらに混じる眸に見据えられる。

「なあ。誰を傷つけたい？」

舟は怯《おび》えて首を何度も横に振る。

「しらない」

本当に、よくわからないのだ。

年に一、二度しか帰ってこない、大学の理工学部で准教授をしている父親を切り裂きたいのだろうか。――別宅にいる愛人は同じ研究室勤務の女の人らしい。

どうやら父は舟が生まれる前からその愛人のところに通っていたようだ。それでも舟が幼稚園のころは年に半分ほどは家に帰っていた。研究室に泊りこみでとても難しい実験をしているのだと、母は眉間に皺を寄せながら言っていた。

しかし舟が小学校に上がると、週に一度しか帰ってこなくなった。それが月に一度になったころ、母の感情は限界を迎えた。

ある日、学校から帰ると、家の塀やベランダに剣山がずらりと並べられていた。それは地味だけれども異様な光景で、舟はランドセルを背負ったまま、剣山を外そうとした。しかし強力な接着剤で貼りつけてあるらしく、ビクともしない。それでも剝がそうと奮闘していると、母が出てきて舟のことを猛然と叩《たた》いた。

『なにをしてるのっ。お父さんが忙しいから、お母さんがおうちを守らないといけないのよ！』

それからというもの、母は頻繁に舟を叩くようになった。いつ夫が帰ってきても大丈夫なようにと家のなかの掃除はするものの、舟の面倒を含めてそのほかの家事は気まぐれにしかしなくなった。通学路にあるパチンコ屋の付近で、舟は何度も母を見かけた。

――僕は母さんを切り裂きたいのかな？

舟はひとつ瞬きをして自分の左手の人差し指を見た。お守り袋を取り上げられてしまってから、そこに穴を開けていない。

――僕は、僕を切り裂きたいのかな……。

父の血も母の血も、いらない。

考えこむ舟に、カッターの芯をお守り袋にしまいながら能登が言う。

「答えが出たら教えろよ。そしたら、返してやる」

そう言いながら、能登は立ち上がってベランダに出られる南側のほうの窓を開けた。

「このベランダって外側の階段に繋がってるんだよな？」

「そう、だけど」

二世帯住宅でもないのに、この家には玄関横から二階のベランダへと続く外階段がついているのだ。中古の建て売りだったため初めからついていたらしいが、母はそれを嫌って外階段の入り口にある扉に有刺鉄線を巻きつけていた。

「じゃあ、これからはこの窓の鍵は閉めるなよ。いいな」

その日を境に、能登は週に四、五回部屋にやってくるようになった。しかも外階段から上ってきて、勝手に入ってくるのだ。

学校が終わってからすぐに来ることもあれば、夕食後にふらりと訪れることもあった。十分で去る日もあれば、何時間も居座る日もある。

舟の部屋に来た母と鉢合わせになると、能登は爽やかな笑顔で「お邪魔してます」と挨拶する。すると、息子を叩きに来た母は、毒気を抜かれたようになって撤退した。あとで長々と文句は言うものの、能登に直接抗議することはない。母はいつもそうだ。彼女のすべての不満は元凶そのものではなく、息子にぶつけられる。

能登とすごす時間はどんどん嵩《かさ》んでいったけれども、だからといって親しくなっている感じはなかった。彼は舟のベッドを占領して、持ってきた漫画雑誌を読んだり転寝《うたたね》したりと気ままにすごし、舟に話しかけることもあまりない。読み終えた漫画はゴミ箱代わりに舟の部屋に捨てていく。

ただ、有刺鉄線が巻かれている外階段の扉を開けるときに、手に怪我をすることがあって、そんな時は舟に絆創膏《ばんそうこう》を貼らせた。

初めのうち、舟はただ床で膝を抱えているだけだった。自分の部屋に他人がいるだけでも緊張するのに、能登がなにを考えて、なんのためにここに来るのか、さっぱりわからないのだ。下手《へた》に動いたら能登の怒りに触れて叩かれたり、アレのことをバラされたりするかもしれない。

そんなふうに考えたのは、おそらく母親との関係を重ね合わせたせいなのだろう。どんな言動が母を刺激するかわからないから、舟は家のなかでも始終ビクビクしていた。

だが三ヶ月がたつころには、舟が勉強したり本を読んだりしていても能登が気分を害さないことがわかってきた。彼は舟にコーラを要求するぐらいで、特に意地悪をすることもなかった。いや、舟の弱みにつけこんで部屋を占領しているのだから、それ自体が意地悪なのかもしれないが。

「舟はさー」

ある夕方、いつものように舟のベッドで寝転んでいた能登が話しかけてきた。

能登はふたりきりでいるときだけ下の名前で呼びかける。しかし学校では「石井」呼びで、しかも話しかけてくることなど滅多にない。クラスメートは能登敦朗が舟の家に入り浸っているとは夢にも思っていないのだろう。普通に考えたら、クラスの王様が、クラスメートからも忘れられがちな最下層に関心を示すわけがないのだから。

「なにになる？　大人になったら」

能登に背中を見せて勉強机に向かっていた舟は宿題の手を止めた。能登は滅多に話しかけてこないが、彼に話しかけられたら無視できない。質問されたら絶対に答えなければならない。

「僕は……」

しかし答えようにも、舟のなかに答えはなかった。そもそも自分が大人というものになれる気がしない。

適当に嘘を言えば能登に突っこまれるだろうから、正直に答えた。

「なににも、なりたくない――なににもなれないと思う」

「へぇ。なににもならないで、ずっとこの家にいるんだ？」

舟はゾッとして振り向いた。

「それはイヤだよ。絶対にイヤだ」

「じゃあ、なにかにならないとだよな」

窓から射しこむ夕陽の色に染められた能登が、仰向けに身体を転がして舟を見返す。

舟は頷いたものの、やはり答えは浮かんでこなかった。勇気を出して、質問を返してみる。

「能登くんは――能登くんは、なにになるの？」

彼ならきっと、なにでもなれる。舟が思いつかないような夢を持っているに違いない。

しかし能登は視線を宙に浮かせてから、からかう表情になった。

「敦朗って呼べよ。呼べたら教えてやる」

「え…」

「いいじゃん。俺だって舟って呼んでるんだし。ほら」

予想外のことを求められて、舟は困り果てる。幼稚園のころはともかく、小学校に上がってからは下の名前で人を呼んだことなどなかった。けれどもどうしても能登の将来の夢を聞きたくて、意を決する。

「あ」

そこでつっかえてしまう。口をなかを狭めて次の「つ」の音を出そうとしたが、空気が漏れただけだった。焦りと恥ずかしさにカァッと顔が熱くなる。

能登がククククと笑って上体を跳ね起こす。

「やりなおしー」

結局、十回のリテイクでようやっと舟は「あつろう」と言うことができた。舟は疲れ果てて横座りした身体を椅子の背凭《せもた》れにくったりと預ける。首筋の血管がドクドクしてうるさい。頭がボーッとする。部屋はすっかり薄暗くなっていた。

「これから、ふたりのときは敦朗って呼べよ。いいな」

頷くしかないから頷くと、能登はベッドから下りてペンダントライトの紐を引っ張った。

眩しさに目を眇《すが》めながら考える。確か、なにかを能登に訊こうとしていたのだ。質問の内容を思い出そうとしていると、能登の指先が舟の頬をすりすりと擦《こす》りだす。

「……くすぐったいよ？」

尋ねるように抗議するけれども、能登はやめてくれない。

——なんで？

能登といると、頭のなかが「なんで？」でいっぱいになる。

たまたま弱みを握ったからといって、なんで人気者の能登が自分などにかまうのか。あれだけ立派な家があるのに、なんでこんな変な家の狭い部屋に入り浸るのか。なんでこんなふうに頬を撫でてくるのか。

なんで、自分の頬はどんどん熱くなっていくのか。

熟れたザクロの実みたいに顔の皮膚が弾《はじ》けてしまいそうで、怖い。

おずおずと見上げると、能登が小首を傾げた。そして一音だけ発する。

「で？」

それだけでなにを問われているのかわかる。カッターの芯で誰を切り裂きたいのか、だ。この三ヶ月、思い出したように能登は舟に答えを促した。

しかし舟はいまだに答えを出せていない。首を横に振ると、能登が頬から指を離した。

「帰る」

能登が出て行った窓をぼんやりと見詰める。

外が真っ暗になるまでいてほしかった——自分がそう思っていることに気がついて、舟はまた「なんで？」と胸で呟く。

頰に指先で触れる。能登がやったみたいに撫でてみたけれども、あのくすぐったいような、なんともいえない心地よさを再現することはできなかった。

給食を終えてから、舟はいつものように屋上に続く階段に腰掛けていた。持ってきた本を開く。薄暗いなか、図形と数式が淡く眼下に浮き上がる。シャープペンシルを手に中学生用の数学の参考書に没頭していると、一段抜かしに階段を上ってくる足音が聞こえた。

昼休みに舟がここにいるのを知るのは能登だけだ。思ったとおり、階段の折り返しになっている踊り場に能登が姿を現す。彼は舟が座っている最上段よりひとつ下の段に腰を下ろした。

五年生から六年生のクラスは持ち上がりでクラス替えがないから、ふたりは同じ六年一組になった。どうせ同じ教室にいても言葉を交わすことはないし、能登は相変わらず頻繁に舟の部屋を訪れつづけているから、クラスが同じことに大した意味はないけれども。

能登が参考書を覗きこんで、眉根を寄せた。

「舟って勉強ばっかしてるけど、まさか私立行くのか？」

「公立だよ」

「本当か？」

疑ぐる眼差しを向けられる。

「本当だよ。私立はお金かかるから」

「帰ってこない親父、あんまり金入れないんだ？」

舟は能登に家庭の事情を話したことはなかったが、四ヶ月間も頻繁に出入りしていたら自然とわかってしまうこともあるのだろう。

「……敦朗は、私立行くの？」

能登の父親は同族経営の製薬会社で社長職に就いている。本来なら、こんな公立の小学校に通っていることすらおかしいのだ。実際、彼の八歳年上の兄は小学校から大学まで一貫の有名私立校に通っている。どうやら能登も以前は兄と同じ私立校に通っていたらしい。

それがどうして、公立小学校に転校することになったのか。気にならないといえば嘘だったが、立ち入った質問を舟のほうからできる関係性ではない。

「俺も公立。俺たちの家からだと三中だっけ」

中学も一緒かと思うと、成分のわからない感情が胸にこみ上げた。能登のことを考えるとき、最近よくこの感情が湧いてくるのだ。いろんな気持ちが複雑に入り混じって、結果、とても困ってしまう。いまも困った顔をしているのだろう。不服げな目が、下から覗きこんできた。

「一緒なのが嫌なのか？」

「……」

嫌という成分も、確かにある。

能登はいまだに舟にお守り袋を返してくれていない。舟がカッターの芯で誰を切り裂きたいのか答えるまで返さないと言う。それに能登はなにもかも自分と違いすぎて、眩しくて、教室で見ているとつらくなってくるのだ。

「――嫌なんだな」

答えがないのを肯定だと判断したらしい。能登が険しい顔で手を伸ばしてきた。叩かれるのかと身を竦めると、しかしさらりとした手が舟の頬に触れてきた。皮膚を指先で撫でられる。まるで身体の芯をくすぐられているみたいにムズムズする。

緊張しながらも舟は目を閉じる。能登はときどきこんなふうに触れてくるのだけれども、恥ずかしいぐらい気持ちいいこの感覚は、能登の指でしか味わえない。

能登が呟く。

「舟って、変なの」

自分でも変だと思う。一緒にいるのが嫌なくせに、撫でられれば肌が上気するほど気持ちよくて、受け入れてしまう。部屋を訪れた能登が帰るとき、もう少しいてくれればいいのにと思ってしまう。

ふいに能登が手を引っこめた。もう少し撫でてほしかったと残念に思いながら目を開けると、能登が階段を見回していた。

「花びらがある」

言われて見てみれば、小さな白っぽい花びらが階段に点々と落ちていた。

いま、この校舎のまわりは満開の桜で埋め尽くされているのだ。

「舟がつけてきたのか？」

「え、違うと思うけど」

しかし、ここはどん詰まりの空間で、窓もない。いったい桜の花びらはどこから入りこんだのだろう？

舟はハッとして上体を前傾させた。背を凭せかけていた扉を見返る。

屋上へと通じるこの扉は普段は鍵がかけられているから開かない。だが、花びらが入ったのはここしか考えられなかった。

「点検とかで開けたのかな」

なにか胸にざわめきを覚えながらも、舟はそう仮説を立てて、ふたたび扉に背を預けた。

しかし能登はじっと扉を凝視して、立ち上がった。扉のノブを摑む。次の瞬間、舟の身体は大きく後ろへと傾いた。春の陽射《ひざ》しと大気のなかに放り出される。

「え…っ」

開かないはずの扉が開いていた。

屋上へと出て行く能登を、舟も慌てて立ち上がり、追う。そして屋上の様子を見たとたん、全身を硬直させた。

校舎の周囲や町中に咲き誇る桜。それはあたかも、花雲のなかに街が浮かんでいるかのような光景だった。

だが、舟の視線を釘付《くぎづ》けにしたのは、美しい眺望ではなかった。

もっと手前。屋上を囲む高いフェンスの外側。

そこに髪の長い、ほっそりとした女性が立っていた。こちらに背を向けて、後ろ手にフェンスを摑んでいる。

「雪野《ゆきの》先生……」

美術教師の雪野早苗《さなえ》。生徒たちからは「ジミソジー」などとからかわれている。地味で三十路《みそじ》だからだ。しかし雪野はからかわれても、眼鏡の下の目にほのかな笑いを滲《にじ》ませるだけだった。

その雪野が、どうしてフェンスの向こう側にいるのか。たぶん答えはわかっているのにかたちにならない。呆然として立ちつくしている舟とは裏腹に、能登は一気にフェンスへと駆け寄った。そして、フェンスを摑んでいる彼女の指に指を絡めて捕らえた。

「舟、先生呼んでこいっ!!」

命じられたままに舟は踵を返して階段を駆け下りた。職員室へと走っているうちに、ようやく理解する。

——自殺、しようとしてるんだ。

焦燥感とともに、まったく色相の違う思いが胸をよぎった。しかし能登に命じられたとおりに、職員室にいた教師に助けを求めた。教師たちが屋上へと走っていくのを目にした生徒たちもなにごとかとあとに続く。

舟はその波に弾き飛ばされて屋上に戻ることができなかったから、雪野が保護された現場を見ることはなかった。

雪野早苗の自殺未遂事件は、あっという間に校内に広まった。どこまで本当かはわからないが、前々から噂があった四十代の同僚教師との「痴情のもつれ」が原因だったらしい。相手の教師は既婚者だった。

雪野を救った能登は、学校中のヒーローになった。休み時間ともなると能登をひと目見ようと人だかりができる。屋上に居合わせて教師を呼びに行った舟の名前も少しは話題に上ったようだが、特に注目されることもなかった。そのことに舟は安堵を覚えた。

自分は注目されてはいけない人間なのだ。

「あそこが舟の居場所じゃなかったら、雪野先生助からなかったな」

舟の部屋でくつろぎながら能登が言う。

勉強机に向かったまま、舟は平坦な抑揚で返した。

「僕がいても意味なかったよ。ドアが開いてるって気がついたのは敦朗だから」

能登がいなかったら、自分はただあの扉に背を凭せかけつづけていたのだろう。そして背後で、雪野早苗は自殺したのだろう。

「ま、助かってよかったよな」

「……」

「舟？」

「本当によかったのかな…」

背後でベッドが軋《きし》む音がする。舟の座る椅子の背に手をかけて、能登が感情の読めない目で見詰めてきた。

「雪野先生が死んでもよかった？」

「わからない」

しかし、能登はわからないでは許してくれない。

「雪野先生が不倫してたからか？」

舟は机のうえに置いた手をキュッと拳にした。

「……そういうの、嫌いだ」

「親父に女がいるんだ？　不倫する女は死ねばいい？」

そこまで明確には考えていなかった。でも言葉にして言われてみると、そういう気持ちも確かにあった。だからかすかに首を縦に振った。

迷いなく雪野早苗を助けに走った能登とは違う。自分のなかには醜くて怖いものが詰まっている。だから、誰にも注視されたくない……特に能登のような遠い存在の人間には見詰められたくない。

それなのに、能登がほんの間近から凝視してくる。

息苦しい沈黙ののち、能登がジーンズのポケットに手を入れた。そこから引っ張り出されたものがぶらんと舟の目の前で揺れる。お守り袋だった。慌てて握ろうとすると、能登がさらりと確認してきた。

「親父の愛人をズタズタにするってことだな？」

「え…」

「これを返すのは、実行するときだ。俺の前でやれよ」

「――――」

母親と自分を苦しめる原因を作った女のことは憎くて仕方ない。この世から消えてくれればいいと思う。そうしたら父はこの家に戻ってきてくれるはずだ。確かにそう思っているものの、実際に女を刃物で傷つけるほどの覚悟が自分にはあるのだろうか？

お守り袋が目の前で揺れつづける。

何度も誘惑に駆られたけれども、結局それを摑むことはできなかった。

2

舟《しゅう》は、能登《のと》と一緒に市立の第三中学校に進学した。そしてまたクラスメートになった。小学五年の冬に知り合ってから二年になるが、能登はいまだに週に四、五回のペースで舟の部屋を訪れている。

能登家は裕福なだけあって年に数度、海外や国内の避暑地に家族旅行に赴くのだが、次男である敦朗だけはそれに同行しない。

通いの家政婦がいるから生活には困らないらしいが、年末年始まで家族のいない大きな家でひとりきりですごすのだ。去年もおととしもそうだった。

とはいえ、能登は超のつく有名人だ。中学でバスケットボール部に入って試合に出るようになったこともあり、他校の女子生徒が校門に張りついて「出待ち」をするほどだ。学内に友人も多い。年末年始を一緒にすごしたがる者はいくらでもいる。今年はきっと、取り巻きの誰かと一緒に年越しをするに違いない。

——今年はまた、ひとりきりなんだ…。

母が精神状態を悪くしてから、同じ屋根の下にはいるものの、舟は自分の部屋でひとりで年越しをしていた。もちろん、年越し蕎麦《そば》もおせち料理もない。

しかし去年とおととしは、十二月三十一日から一月一日になるとき部屋に能登がいた。

普通でいうところの友達とは違うが、この二年間で舟ともっとも長く時間を共有したのは能登だった。親しくはないけれども、近い。安心はできなくても、一緒にいるのが自然に感じられる。

能登は舟にとって、いつの間にか特別な存在になってしまっていた。

けれども能登にとっての舟は、たくさん周りにいる人間のうちのひとりにすぎない。現に学校ではかの人間といる能登は、舟とふたりきりでいるときとは別人のように溌剌《はつらつ》として楽しそうだ。中学に入ってつるんでいる派手な一群とは、特に気が合っているらしい。そのグループでも能登は王様だった。

そして相変わらず、人目のあるところで能登が舟に話しかけてくることは滅多になかった。

別に能登と近い距離にあることを誰かに知られたいわけではない。けれどもさんざん部屋を占領されたうえでここまで綺麗に関係を隠されると、都合のいい愛人にでもなったかのような錯覚に陥り、なんともいえない嫌な気持ちになるのだった。

そんなわけで、今年はまたひとりきりの年越しに戻るのだと思い、沈んだ気持ちで十二月をすごしたのだが。

十二月三十一日の二十三時五十二分に、能登がふらりとベランダから入ってきた。そして零時零分を舟の部屋で迎えると、命じた。

「初詣《はつもうで》に行くから着替えろ」

「初詣？　いまから？」

「早くしろ」

ベッドの縁に腰掛けた能登がぶっきらぼうに言う。彼は中学に上がってからさらに背が伸びて肩幅も広がり、十二歳にして高校生と見間違えられることまであった。平行に入った幅広の二重も、高く通った鼻筋も、厚みのある大きな唇も、意思の強そうな眉も、灰色と茶色がまだらに入った眸も、どんどんその価値を高めている。

そんな彼に苛立った瞬きをされ、舟はパジャマのボタンを外した。情けない気持ちになりながら、身長が百五十五センチしかない、毛を毟《むし》られた鳥みたいな痩《や》せた裸を晒《さら》して手早く着替える。

「行くぞ」

母親に一応、初詣に行ってくるからと声をかけて、舟は外に出た。紺色の厚手のダッフルコートにジーンズ、首には灰色のマフラーを巻いて手袋もしているが、あまりの寒さに薄っぺらい肩を狭める。

歩き出す能登のあとを追う。脚の長さが違いすぎるせいで、普通に歩いているとどんどん距離が開いてしまうから、舟はときどき小走りになる。

近づいたり遠ざかったりする能登の後ろ姿を見詰める。

ファーのついたダウンジャケットに黒いミリタリーパンツ、足元はショートブーツ。ちっとも寒くないみたいに、肩を綺麗に広げたまま大きな歩幅で歩いていく。

半年だけとはいえ自分のほうが年上のはずなのに、完全に置いていかれてしまっている。出会ったときからすでに遠い存在だったたし、自分が能登に追いつくことは永遠にないから、距離は広がる一方なのだろう。

赤くなった鼻がぐずりと鳴った。寒いはずなのに、目の奥のほうがなま温かい。

二十分以上歩いて着いたのは隣町の大きな神社だった。境内はすでに初詣の参拝者で溢《あふ》れていた。

年明け早々の初詣などしたことがなかった舟は驚き、圧倒される。たたらを踏んでいるうちに、能登が鳥居をくぐってしまう。慌てて舟も人波に身を投じたが、まるで思うように進めない。長い参道を右に左に押され、行く手を阻まれる。もう能登の姿はすっかり見えなくなっていた。

——いい、か…。

このまま離れてしまえば、楽になれる。そう考えて、自分が苦しかったことに気づく。能登に置いていかれないように必死に歩くのも、自室で能登の訪れをひそかに待ってしまうのも、能登が学校でほかの人と楽しそうにしているのを見るのも、苦しかった。

この二年間、誰よりも長く一緒にすごしてきたけれども、能登は友達ではない。お守り袋の脅しも、いまは実質的に無効になっている。十一歳の舟にとって、お守り袋の秘密を暴かれることは世界の終わりに等しかったが、十三歳の舟は大した問題ではないと冷静に捉えることができていた。

要するに、自分と能登を繋ぐものなど、ひとつもないのだ。

それならば、いまここで離れてしまえばいい。

舟は自分の意思で前に進むことをやめた。人波に押されるままに参道を漂っていく。

すると、前方に向かっていたはずの人波が急に乱れた。向かいから小さな波が寄せてきたかと思うと、目の前の人垣が崩れた。

人波を掻き分けて逆行してきた相手が立ち止まる。

「あつろう…」

目をしばたたく舟の手を、能登の手が握ってきた。咄嗟に手を退《ひ》こうとしたけれども、逆にぐいと引っ張られた。

「はぐれるな、バカ」

いくら人ごみだとはいえ、男同士で手を繋ぐなどおかしい。舟は何度も手を抜こうとしたけれども解放してもらえなかった。手袋越しにじんわりと能登の体温が伝わってくる。

力強く牽引《けんいん》されて自然に前へと進んでいきながら、舟は改めてあたりを見回した。

人ごみの奥に見えるライトアップされた厳かな本殿。参道の両脇に並ぶ、背の高い赤い燈籠《とうろう》。斜め前に立つ能登が吐く真っ白い息が、黒い空へと流れていく。

舟は思わず、強く能登の手を握り返した。

能登が軽く振り返り、涙袋をせり上げるようにして目を細めた。少し意地悪そうな甘い表情に、舟はなぜだか泣きたくなった。

賽銭箱《さいせん》に五円玉を投げこんで、気持ちがいっぱいになったままなにを願うでもなく手を合わせてから、また能登に手を引かれて甘酒を振る舞っている一角に立ち寄った。身体も心も内側から温かくなって、家へと戻った。さすがに帰り道は手を繋がなかったけれども、能登は舟を置き去りにしないように歩調を合わせてくれた。

改めて考えてみたら、こうしてふたりで並んで外を歩くのは今日が初めてだった。

互いの家に挟まれた道路まで戻ってくる。初詣に行けてよかったと思えたから、舟は「ありがとう」と小声で言ってから、自分の家の門を開けようとした。しかし二の腕を摑まれて、そのまま斜め向かいにある能登の家のほうへと連れて行かれた。

「あの…」

「俺の部屋、来い」

まったく予想外の誘いに、舟は目を丸くする。これまで一度も、能登の家に足を踏み入れたことはなかった。

初詣のこととといい、なにか今日の能登は変だ。

けれども、もう少しだけ一緒にいたい気持ちがあったから、舟は引っ張られるままに能登の家へと足を踏みこんだ。

季節によっては道路からでも薔薇《ばら》のアーチが眺められる庭も、さすがに真冬の深夜は彩りもなく闇に沈んでいた。その庭を左手に臨みながら両開きの玄関からなかに入る。通いの家政婦も帰ったあとらしく、家のなかには静けさが凝《こご》っていた。

「お邪魔します」

舟は自分の部屋よりも広い玄関ホールで靴を脱ぐと、能登のあとについて壁に沿うかたちで作られた階段を上った。吹き抜けになっている天井には、細長いガラスの棒のようなものを無数に寄り集めたシャンデリアが吊るされている。壁には縦長のステンドグラスが嵌めてある。

外観も豪華だが、クリーム色を基調とした内装もまるで映画に出てくる邸《やしき》のようで、どこもかしこも品よく華やかだ。

こんな現実離れした場所が家のすぐ近くに存在していたことが奇妙なように感じられて、舟は畏《かしこ》まった気分になる。二階の左奥の部屋の前で立ち止まった能登は、そのドアノブの下にある穴に鍵を挿しこんだ。

「外から、鍵かけられるんだ？」

「人に勝手に入られたくないだろ」

いつも舟の部屋を我が物顔で使っている人間の言葉とは思えない。

そしてどうやら、能登は家政婦すら部屋に入れないようにしているらしかった。彼の十畳以上あるだろう部屋はお世辞にも綺麗とは言いがたい状態だった。散らかっているというほどでもないが、本棚も机のうえも乱雑で、床には雑誌が転がっている。

床や本棚には何冊ものオートバイの雑誌があった。

カーテンも机もソファも黒で統一されていて、天井から吊るされているライトは横長の棒に四つの電球がついている洗練されたデザインのものだった。

「……大人の部屋みたいだ」

舟が呟くと、能登が照れ笑いを浮かべた。その表情や、能登の自然体が伝わってくる部屋を前にして、舟の首筋の脈はドキドキする。

部屋の片隅には小型の冷蔵庫とポットなどが置かれた台がある。能登がミルクと砂糖の入った温かいコーヒーを淹《い》れてくれた。ドリップ式のそれは、いかにも大人っぽい味がした。部屋の中央に置かれたガラス板に黒い四つ脚がついたローテーブルを挟んでコーヒーを飲んでいると、天板に頬杖をついた能登が宣言した。

「初日の出も一緒に見るからな」

舟は壁にかけられている四角い銀プレートの時計を見た。もう深夜一時半になっていた。

「初日の出って、何時なのかな？　ここに迎えに来ればいい？」

「迎えに来なくていい」

いつものように、能登のほうが舟のところに来るらしい。四時ぐらいに起きて支度をすればいいだろうか。舟は急いでコーヒーを飲み干した。

「じゃあ、もう帰る。早く寝ないと起きられないから」

立ち上がりかけた舟に、しかし能登が強い声で命じた。

「帰るな」

「え、でも」

「ベッドならそこにあるだろ」

指差された部屋の奥には、黒いフレームのベッドが置かれていた。舟はベッドと能登を交互に見る。

「……あれを使っていいってこと？」

「そのままでもいいけど、寝る服いるか？」

他人のテリトリーで自分の服を脱ぐのは怖いような気がしたから、舟は首を横に振った。

部屋には小さな洗面台まであり、舟はそこで顔を洗って口を漱《すす》いだ。ダッフルコートとセーターと靴下を脱いで、長袖の白いTシャツとジーンズという格好になる。暖房が効いて部屋が暖かくなってきたとはいえ、さすがに寒い。眼鏡を外して、畳んだ服のうえに置く。視界がぼやけて、心許《こころもと》ない気持ちになる。

能登が舟をじっと見詰めながらベッドを指差す。

「入れよ」

ぎこちなくベッドに乗る。シングルサイズしか知らない舟にとって、セミダブルのベッドは広々と感じられた。ぐしゃりとなっている羽毛布団を広げてその下に身体を入れた。少し甘くて爽やかな葉っぱのような匂いがする。いつも能登からしている匂いだ。

急に部屋が暗くなった。天井のライトが光を弱める。

能登は別の部屋で寝るのだろう。ほのかに浮かぶシルエットに声をかける。

「おやすみ」

ほんの三時間足らずの仮眠の予定だけれども、ひどく気が立ってしまっていて眠れそうになかった。

能登と一緒に年越しできたことも、初詣に行ったことも、初めてふたりで並んで歩いたことも、こうして能登のベッドに横になっていることも、ひとつひとつが舟にとっては大事件だった。それがこんなふうにまとめてやってきたのだ。興奮がどうやっても治まらない。

目を閉じると、この数時間のできごとが堰《せき》を切ったように押し寄せてきた。瞼《まぶた》の裏に赤い燈籠が浮かぶ。右手に、能登の手の感触がありありと甦る。喉から胸のあたりが苦しくなる——ふいに身体が揺れて、舟は薄く目を開いた。

ベッドに入ってくる能登の姿を目にする。

「え…？」

「もう少し奥に行けよ」

反射的に言葉に従いながら、舟は困惑して呟く。

「なんで、ここで」

同じ羽毛布団のなかに埋まりながら能登が呆れたように言う。

「なんでって、これ、俺のベッドだろ」

それは確かにそうだけれども。

向き合うかたちで横倒しになった顔の位置が近すぎる。脚が触れて、慌ててさらに奥へと身を寄せると背中が壁に当たった。

舟から奪った枕に頭を載せて、能登がなぜか優しいような笑顔を浮かべた。

——息……苦しい。

人と同じベッドに横になるのは記憶にある限り初めてで、呼吸の仕方すらわからなくなるほど緊張してしまっていた。これでは絶対に眠れない。

「ぼ、僕、やっぱり家で」

起き上がろうとすると、それより先に能登が右肘を立てて上体を少し起こした。左手を舟の背後の壁につく。

「大丈夫だって」

なかば覆い被さられるかたちで逃げ道を奪われる。

狼狽《ろうばい》している舟とは裏腹に、能登は相変わらずいつもと違う感じの笑顔だ。

ちっとも大丈夫ではないのに、能登が身体を舟へと傾けてくる。

このベッドはこれだけ広いのだから、こんなに近づく必要はない。

——……意地悪、してるんだ。

こういう近すぎる接触に慣れていない舟をからかって愉しんでいるのだろう。鼻先同士が触れあいそうなほど顔が近づく。能登の匂いが鮮明に深くなる。それでよけいに息ができなくなった。

本当に窒息してしまいそうで。

舟は能登の肩口に拳を押しつけた。目をきつく閉じて訴える。

「息、できないっ」

数秒の沈黙ののちに、能登が噴き出した。身体が離れていく。おそるおそる目を開けると、能登は仰向けになって笑っていた。目のうえに腕を横に乗せて、身体を震わせる。ベッド全体が笑いの振動に包まれたのち、能登が呟く。

「まだ、してないのに」

その言葉の意味はわからなかったが、舟は安堵とともにひどく恥ずかしい気持ちになった。

能登は学校でもよく男友達と肩を組んだりしている。いまのも意地悪ではなくて、それと似たような感じのものだったのかもしれない。せっかく能登が友達扱いしようとしてくれたのに、変に緊張して応えることができなかったのだ。

次第に悲しくなってきて、舟はもぞもぞと身体の向きを変えた。壁のほうを向く。

すると、うえにしている左頬に、背後から手が伸びてきた。指先がそっと頬を擦る。

「舟――ごめん」

どうして謝るのだろう。やはり意地悪をするつもりだったのだろうか。考えようとするけれども、頬から拡がる心地よさに緊張が解けて、意識がぐつりと崩れだす。身体が弛緩《しかん》して、甘い溜め息が出る。大事件の連続で、とても疲れてしまっていた。

「ごめんな」

また能登が謝る。

かすかに頭を縦に動かしてから、舟は眠りに落ちた。


その夢のなかでも、舟は能登の指に撫でられていた。ただ、撫でられた場所は頬ではなくて、下腹の茎だった。それをとても優しく指先で擦《こす》られていく。気持ちよくて気持ちよくて――腰が震えた。

「ン…」

目を覚まして、ぼんやりとする。目の前に壁があった。

――そっか……敦朗の部屋なんだ。

年明け早々の興奮するできごとが甦ってくる。もし自分の部屋で目を覚ましていたら、きっと夢だったと思いこんだに違いない。

しかし、ここは能登の部屋なのだ。そっと背後を振り返ってみれば、能登がうつ伏せで眠っていた。まだカーテンの外は暗い。日の出まであとどのぐらいあるのだろうと考えていた舟は、ふと眉を歪めた。

独特の気持ち悪さが下腹にあった。下着がねっとりとしたものに濡れて性器に張りついている。

そんなことは絶対にあり得ない。舟はそろそろと布団のなかで手を移動させた。ジーンズの前に触れ……すぐに手を引っこめた。

「うそ、だ」

呆然として呟く。嘘だと思いたいがしかし、この気持ち悪い感触はこれまで二回体験したものと同じだった。眠って起きたら下着のなかに白濁を漏らしていたのだ。保健体育の授業で習ったから、それがどういうものかはもちろんわかっていたけれども、ショックで恥ずかしかった。

確かその二回とも、よく覚えていないがモヤモヤした気持ちになる夢を見たのだ。

――夢……。

いまさっきも夢を見ていた。

「っ」

その内容を思い出して、頬が焼け爛《ただ》れるみたいに熱くなる。同時に頭から血の気が引いていく。目をきつく閉じるのに眩暈《めまい》が止まらない。

――どうしようっ。

初めて能登の部屋に招いてもらったのに、借りたベッドであり得ない夢を見て射精してしまったのだ。罪悪感と混乱にわけがわからなくなりながらも、このことを絶対に能登に知られてはならないと思う。

舟は息を詰めて、横で眠る能登を起こさないように少しずつ身体を動かした。わずかな動きでも下腹からかすかな濡れ音がたつ。なんとかベッドの足元から床へと足をつけた。

そして、ソファのうえに畳んで置いていたセーターとコートと靴下を片腕で抱えると、眼鏡をかけて、音をたてないようにドアを開けた。階段を下りて、玄関の両開き扉から外に出る。シャツ一枚だけの上半身に夜気が突き刺さる。皮膚が痛み、身体の芯が軋む。

舟は道路を斜めに横切って、自分の家へとよたよたと走り戻った。そのまま風呂場に飛びこむ。そうして改めて明るいところで見てみると、ジーンズにまで染みが拡がっていた。まるでお漏らしをしたみたいだ。

母親が起きてこないかビクビクしながら、舟はジーンズと下着と、白い粘液がまとわりつく下腹を洗った。

二階の自室に戻って布団を頭まで被ると、自己嫌悪で消えてしまいたくなった。身じろぎもせずに、どのぐらい布団のなかで蹲《うずくま》っていただろう。

次に布団から頭を出したとき、すでに部屋には陽の光が広がっていた。

元旦の朝陽のなか、舟は力なく俯く。

――初日の出、一緒に見られなかった……。

次に能登に会うとき普通にしていられる自信がなくて、舟は彼がいつ訪ねてくるのか怯えていた。

しかし、なぜか一月三日になっても五日になっても、能登は現れなかった。

初めは顔を合わせなくてすむことにホッとしていたものの、舟の胸には次第に焦燥感が拡がっていった。

冬休みだから学校もない。こんなに何日も能登の顔を見ないのは、小学五年の冬に出会ってから初めてだった。

いったいどうして能登が来なくなったのかを、舟は延々と考えつづけた。

一番可能性が高いのは、初日の出を一緒に見るという約束を破ったことだ。起きてみたら横に舟がいなかったのだから、能登が腹を立てるのも無理はない。

そして可能性のなかでもっとも最悪なのは、ベッドでの舟の粗相《そそう》を能登が知ってしまったことだ。もしかすると夢精しているところを能登に目撃されたのかもしれない。それでもう顔も見たくなくなったのではないか。そう考えると、目の前が真っ暗になった。

能登の訪れがないまま冬休みが終わり、一月七日の登校日がやって来た。

舟は詰襟《つめえり》の制服に腕を通して、重い気持ちで家を出た。学校について一年生の教室が並ぶ廊下を歩いていると、ワーワーと騒ぐ声が聞こえてきた。一年A組、舟のクラスからだ。

なにごとかと思いながら教室に入ると、黒板のあたりに人だかりができていた。その人だかりの中心に能登の姿がある。それとは別に窓際に女子だけの輪もあった。

黒板には、相合傘に入った能登敦朗と松木春奈《まつきはるな》の名前が、チョークででかでかと書かれていた。

松木春奈は学年で一番可愛いとされている女子だった。色白で目が大きくて、胸も大きい。彼女はいま、女子の輪の真ん中で真っ赤な顔をしている。

舟は教室の後ろで立ちすくんでしまっていた。

「三日に、松木が能登にコクってOKもらったんだってさー」

「松木のほうからかよ。すげーショックなんだけど」

「松木ちゃん、抜け駆けひどいよー」

盛大にブーイングをしながらも、このふたりなら仕方ないかという雰囲気が男子にも女子にも漂う。

長身の能登はクラスメートに囲まれていても頭半分ほど突き抜けて背が高い。照れ笑いを浮かべる顔が、ふと舟へと向けられた。視線が合う。舟は咄嗟に目をそらして自分の机へとぎこちなく移動した。

——松木さんと付き合いはじめたから、来なくなったのか。

いままで舟の部屋で潰《つぶ》していた時間のすべてを、これからは松木春奈とすごすのだ。

心臓を刳《く》り貫《ぬ》かれたみたいな体感に襲われて、舟はいったん座った椅子から立ち上がり、教室を出た。

その後、能登と松木の交際は順調に続いていった。教室では日々、ふたりをどこそこで見かけたという報告が飛び交う。

年越し以来、能登は舟の部屋に一度も来ていない。学校でもグループが違って言葉を交わすことはなかった。

改めて思い知る。

能登が訪ねてこなくなれば、自分たちの関係など簡単に断ち切れてしまうものだったのだ。舟のほうからは接触しようにも、そうする理由がない。なにを話せばいいのかすらわからない。

ただ同じ部屋ですごす時間が長かったというだけで、まともに会話もしてこなかった。共有している大きな思い出といったら、このあいだの年越しと、小学六年のときの美術教師の飛び降り未遂事件ぐらいのものだ。

こうしてひとりで自室の勉強机に向かっていると、背後に能登の気配を感じる。しかし振り返っても、ベッドには誰も転がっていない。

溜め息をついて机に向き直る。机上に置かれた小さなカレンダーを見る。

今日は二月十四日。バレンタインデイだった。昼間、学校で男子たちはソワソワしていた。能登は松木春奈と仲良く喋《しゃべ》っていた。きっといまごろは放課後デートをして、チョコレートと誕生日プレゼントをもらっているのだろう。

舟はそっと自分の冷たく強張る頰に指先を滑らせる。

——松木さんのことも、撫でてるのかな。

自分では再現できない、噓みたいに優しくて気持ちいい感触。

あれはとても綺麗な行為だったように思う。それなのに自分のほうが変な夢を見て汚してしまったのだ。

『バチアタリ』

屋上階段に響いた能登の声が耳の奥で甦る。

能登は、去年もおととしも二月十四日の夜にはここにいた。それなのに今年はいない。これからもずっと、いない。

舟は椅子から立ち上がって西側の腰高窓を開け、はす向かいの豪邸を見詰めた。

いまとなってはあのなかに入れてもらえたのが、夢のなかのできごとのようだった。

二月の夜の凍《い》てつく空気に目と鼻が赤くなっていく。身体と心の痛みに耐えて、半泣きの顔で能登の家を眺めていると、前の通りを細身の男が歩いてきた。

能登の兄の維一朗《いいちろう》だ。

彼は堅物という印象の人で、いつも眉根を神経質そうに寄せている。確かもう大学三年だ。

見下ろしていると、維一朗が能登家の門の前で動きを止めた。門に入らずに、まっすぐな背筋で身体を返す。

はす向かいの——舟の家を見る。

彼の眉間に皺が寄り、口角が下がる。その視線が舟の部屋の窓へと向けられる。

悪いことをしているのを見つかったときみたいに心臓が激しく竦んで、舟は慌ててしゃがみこんで維一朗の視界から外れた。

これまでも道で維一朗とすれ違うときに浅い二重の目に鋭い視線を向けられることがあって嫌われているように感じていたのだが、気のせいではなかったらしい。

彼はもしかすると、弟が舟の部屋に頻繁に出入りするのを知っているのかもしれない。

だとしたら、こんな変な家の子供と弟が接触するのを快く思っていないのだろう。寒い風が吹きこんでくるなか、舟は膝を抱えて痛みに耐えつづけた。


四月になって、クラス分けがおこなわれた。舟は二年C組、能登は二年A組になり、教室でも顔を合わせることがなくなった。

小学校時代とは違って中学に上がってから、舟にも普通に話ができるクラスメートが三人できた。そのうちのふたりとは二年でも同じクラスになった。

母親の精神不安定は相変わらずで、強張った顔で「お父さんはとても難しい研究をしているのよ」と呪文のように言っては、脈絡もなく舟を叩く。しかし舟の身長も百五十八センチになり母親に追いついたから、以前ほど怖いと思わなくなった。ただ、その分、やり場のない悲しさを覚える。

母も自分も、選んでもらえない側の人間なのだ。

おそらく一生、選ばれる側には行けないのだろう。

——敦朗は、もう来ない。

三ヶ月かけてその事実を受け入れかけたころだった。

一階の台所で食器類を洗っていた舟は、外階段を上る足音が聞こえたような気がして、蛇口を閉じた。耳を澄ます。今度は二階のほうから物音が聞こえた。

舟は手を泡だらけにしたまま階段を駆け上がり、自室のドアを勢いよく開けた。

「……」

幻を見ているのかと疑ったけれども、幻ではなかった。

確かに、能登敦朗がベッドに仰向けに転がっている。

「ど…して」

掠《かす》れ声で呟くと、能登が伸びをして舟を見た。三秒たっても五秒たっても十秒たっても、視線が重なりつづける。

刳り貫かれたままだった心臓が、肋骨《ろっこつ》のなかにドンッという衝撃とともに戻ってきたのを舟は感じる。

能登がさらりと答える。

「別れた」

「え…？」

「春奈と別れた」

舟は働かない頭で、どういうことなのか懸命に考える。

――松木さんと付き合いはじめたからここに来なくなって、……松木さんと別れたから、またここに来ることにした？　これからはまた来るってことなのかな……前みたいに。

心臓が震えた。それと同時に、嫌な気持ちがこみ上げる。

――諦めようとしてたのに。

三ヶ月もかけて諦める方向に舵《かじ》を切ったのに、能登はそのつらさも努力もなかったことにしようというのだ。あまりに身勝手で酷い。

そう思うのに、舟は能登を追い出すことができなかった。

その日から、また能登は頻繁に舟の部屋を訪れるようになった。まるでだるま落としで飛ばしたかのように、離れていた期間はなかったことにされた。

自室で勉強していて、振り向いたら能登がいる。視線が普通に合う。

頬を撫でてもらえる。

このふたりきりの閉じた空間がほかに代えの利かないものなのだと痛感させられた。

しかし一ヶ月ほどたったころ、能登の訪れがぱたりとやんだ。噂によると、新しいカノジョができたらしい。今度は私立の女子校に通っている高校生なのだという。

そしてまた能登のいない日々が積まれていった。今日こそは来てくれるのではないかと思い、眠るときには失意に沈む。

――早く別れればいい。

いつの間にか、そんな嫌なことばかり願うようになってしまった。

三ヶ月ほどたったころ、その願いが叶《かな》った。能登はまた舟のところに戻ってきた。一ヶ月間だけ。

能登は誰と付き合っても三ヶ月しか続かず、そして一ヶ月以上フリーでいることはなかった。

冬休みに、また能登がふらりと舟のところに戻り、訊いてきた。

「なあ、舟。やっぱり高校は都立だよな。どこにする？」

ベッドの縁に腰掛けている能登を、舟は立ったまま見下ろす。

高校になっても、この生活が繰り返されていくのだろうか。つらい気持ちになって俯くと、能登が下から覗きこんできた。

いったい能登はなにを考えているのか。暇潰しの場所を確保したいだけなのか。しかし、それならばなにも同じ高校に行く必要はない。そもそも学校では喋ることすらないのだ。二年でクラスが別になってからは本当にひと言も、学校では言葉を交わしていなかった。

人の不幸を願うことにも、能登にとって自分がなんなのかを考えることにも、疲れてしまった。ぼそりと呟く。

「敦朗は、私立のほうがいいよ」

「なんだよ、それ」

「派手だし、そっちのほうが絶対に楽しいよ」

「俺は舟がどこにするのかって訊いてる」

高校受験まではまだ一年もあるから、まだ真剣に考えたことがなかったけれども。

「……滝沢《たきざわ》にする」

滝沢高校のランクは高い。舟の内申と成績なら合格できるだろうが、能登だと微妙なラインのはずだ。彼は地頭はいいものの、教科ごとの好き嫌いが激しいのだ。

少しの沈黙ののちに能登が頷いた。

「わかった。滝沢だな」

高校が別になれば、能登も完全に離れていくのではないか。そうしたら、今度こそきちんと諦められるかもしれない。諦めざるを得なくなる。

――僕にとって敦朗は特別だけど、……敦朗にとって僕は特別じゃない。

能登がベッドから腰を上げて目の前に立った。そろりと、頬に指を滑らせてくる。舟は俯いたまま、勘違いしないように、緩みそうになる身体に力を籠めていた。

3

開かれた門の内側には左右に一本ずつ、満開の大きな桜の木がある。門の入り口には「入学式」と肉厚な筆字で記された板が立てかけられていた。

今日は都立滝沢高校の入学式だった。体育館では式典がおこなわれている。

制服のモスグリーンのブレザーに身を包んだ新入生のなかに、舟《しゅう》はいた。

式が始まる前にクラス編成発表があったのだが、大きなボードに張られた新たなクラスメートの名前には能登敦朗《のとあつろう》という文字もあった。

能登は見事に滝沢高校に合格した。しかもどうやら、ほかの高校はいっさい受験しなかったらしい。彼がその気になれば、どんなハードルも易々《やすやす》とクリアできるのだろう。有利に思えた勉強ですら、舟がいくらコツコツ努力しても、能登に追いつかれないようにするのは不可能なのかもしれない。

そして、勉強以外の点では比べるまでもなかった。

小学五年の冬に出会った時点で、能登は舟よりずいぶんとうえの階段にいたけれども、そこからさらに一段抜かし二段抜かしで上っていってしまった。

派手で行動力のある友達とつるんで世界を広げ、次から次へと女と付き合っている。

能登と比べると、自分など階段を少しも上れていない。改めてそんなことを考えて焦燥感に駆られながら入学式を終えた。

舟の母親は入学式に参列しなかったが、能登のところは母親が来ていた。彼女は若いころモデルをしていただけあって、長身の美人だ。能登の目の色と華やかさは母親譲りだった。

父親は社長業で忙しいためか来ていなかったが、代わりに能登の兄の維一朗《いいちろう》が母親の隣にいた。彼は去年大学を卒業して、父の会社に就職したらしい。

能登の家族は、次男の入学式や卒業式といった行事にはかならず参列する。傍《はた》から見れば次男を大切にしているように見えるのだが、しかし家族旅行などのときには次男を家に置いていく。もちろん能登が自分の意思で行かないだけなのかもしれないけれども、舟は違和感を覚えていた。

舟と能登の関係は結局のところ、通う場所が中学校から高校へと変わっただけで、維持されることとなった。能登は中三の二月から付き合っていた女子大生と、また三ヶ月で別れた。

しかし、ゴールデンウィーク直前に転機が訪れた。

「入学式のときから、石井《いしい》くんのことね、すごく気になってて」

下校中の道で隣のクラスの女子から声をかけられ、付き合ってほしいと告白されたのだった。そんなことは初めてだったから、舟はひどく驚き、それから困惑した。能登ならともかく、自分は身長も高くない地味眼鏡だ。あり得ないという結論に達する。

「あの……なにか間違いだと思うよ？」

指摘すると、少女が目をパチクリさせた。滝沢高校ではちょっとしたメイクは黙認されているから、アイメイクをしている女子も多いのだが、彼女――竹中麻衣《たけなかまい》はまったく化粧をしていないようだった。それでも肌は光を撥《は》ね、目をぐるりと囲む睫《まつげ》がやわらかいラインを描いている。丸顔で、セミショートの髪はふわふわしている。

「間違いじゃないよ」

真剣な顔で返され、問われる。

「石井くんは彼女とか、いるの？」

首を横に振ると、麻衣がとても嬉《うれ》しそうな顔をした。

「それなら私と…」

「ちょっと――待ってもらってもいいかな」

答えは一週間後ということにしたものの、麻衣のことを考えようとすると、どうしても能登のことを考えてしまう。

高校に上がってから、能登には檜山《ひやま》という親友ができた。これまでも彼の周りには人がたくさんいたけれども、その相手が別格なのは、ずっと能登を見てきた舟の目には明らかだった。

檜山は中学時代はバスケの強豪校で活躍していて、能登は部活の試合で前から顔見知りだったらしい。しかし檜山は試合中に膝の十字靭帯《じんたい》を損傷してプレイできなくなったのだという。よく見ると、左足をわずかに引きずっているのがわかる。

その檜山に付き合ってか、能登は高校でバスケ部に入らなかった。代わりに、いつもふたりでつるんでいる。

檜山は背が百八十センチ以上あって肩幅も広いため、並んでいると能登が華奢《きゃしゃ》にすら見えてくる。能登のほうもすでに百七十五センチもあるのだが。

能登から直接聞いたことはないが、噂によるとふたりで合コンをしまくっているらしい。

「あいつら、サンピーヨンピーしてんだってさ」

今日、学校でクラスメートがそう言ったとき意味がわからなくて、舟は家に帰ってからネット検索をした。

それが乱交を意味する言葉だと知って、愕然《がくぜん》とした。

しかし同時に、合点することがあった。これまでは恋人と別れると舟のところに入り浸る生活を送っていたのに、最近は週に四、五回のペースこそ変わっていないものの、三十分もすると出て行ってしまうのだ。親友と刺激の強い時間をすごしているせいだろう。

能登がどんどん遠くに行ってしまう。

まんじりともせずにベッドに横になっていると、窓が開く音がした。

これまでも遅い時間に能登が訪ねてきたことはあったが、午前四時の訪れは初めてだった。舟がいつものようにベッドを明け渡すと、当たり前のように能登がそこに倒れこむ。部屋にアルコールの匂いが拡がっていく。開いたままの窓から、カーテンを膨らませて未明の風が流れこんでくる。

「……酒、飲んだ？」

うつ伏せに伸びたまま、能登が面倒くさそうに答える。

「飲むだろ、フツー」

「飲まないよ。僕は」

「ああ、舟はな」

バカにしたような軽い口ぶりだ。

乱交までしている能登にしてみれば、舟などどうしようもなくつまらない存在なのだろうが……舟はベッド横に突っ立ったまま呟いた。

「僕も、カノジョできた」

言ってしまってから、自分で驚く。

麻衣にはまだ返事をしていなかったし、八割方付き合うつもりはなかったのだ。

枕に顔を埋《うず》めていた能登が鋭い横目で舟を見た。

「どこのどいつ？」

「竹中麻衣さん。C組の」

能登がのったりと瞬きをする。

「竹中？　地味空気じゃん」

「……竹中さんは、可愛いよ」

「舟はああいうのがタイプなんだ？」

能登の不機嫌そうな声に、なぜか心臓が鳴る。

もっと不機嫌にしてやりたくて、頭をかすかに縦に動かした。

「ふーん」

能登が枕に完全に顔を埋めた。新聞配達らしいバイクの音が一方通行道路を緩急をつけて流れていく。

ふいに能登が左手を差し出してきた。

「て」

一拍置いてから「手」と言われたのだと気づいて、舟は右手を伸ばした。指先が触れあったとき、腕から首筋へと弱い痺れが走った。手を握られる。

二年以上前の初詣の記憶が溢れた。

人ごみの奥に見えるライトアップされた厳かな本殿。参道の両脇に並ぶ、背の高い赤い燈籠。斜め前に立つ能登が吐く真っ白い息が、黒い空へと流れていく——繋いだ手。

あの大切な時間を、自分はその直後に汚してしまった。

だから思い出したいのに、思い出すことを避けていた。

手を引かれて舟は腰を折った。

能登の左手が、舟の右手の甲を包む。そのままうつ伏せになった身体とベッドのあいだへと手を連れこまれる。

掌に体温と鼓動を感じる。左胸に心臓が入っていることを、なまなましく教えられる。

能登の手が蠢《うごめ》き、舟の中指だけを捕らえた。その指を動かされる。なにをさせられているのかわからずに、舟はひそめた声で呼びかける。

「敦朗…？」

「ン、っ」

妙に甘ったるい喉音。能登の耳たぶが赤くなっていく。

指先に、コリッとした粒が当たる。それを指の腹で擦らされる。

——……これって。

舟は驚いて手を抜こうとした。しかしさらにきつく指を搦《から》め捕られてしまう。

能登が首を捻《ね》じり、こめかみを枕に押しつけてこちらを見上げた。これまで見たことのない、苦しいような表情で。

「ここが好きなんだ」

そう呟いて、舟の指でシャツのうえから乳首をいじる。

どうして、そんなことを教えるのか。どうして、こんなことをさせるのか。

中指の先がジンジンして強張る。

「なん、で、僕に」

「練習」

「……練習？」

茶と灰が混じった目が眇められる。

「竹中とヤるんだろ」

「な…っ」

「そのためのカノジョだろ」

右手を胸から外される。終わったのかと思ったが、能登が身体を仰向けにして、シャツを胸のうえまで捲り上げた。薄《う》っすらと色づいた乳首が覗く。

舟の指が口元へと運ばれる。膨らみのある唇が開く。

「え……」

唇の狭間に指が吸いこまれていく。指にぬるりとしたものが這う。こそばゆくて気持ち悪い感触に、舟は慌てて手を引こうとしたが、第二関節のあたりを前歯で噛まれた。

噛まれたまま、ぬるぬると指の表面を舌で辿られていく。あまりに巧みでなまなましくて、全身に鳥肌がたつ。舐《な》められているのは指なのに、首筋や腰のあたりが痛いぐらいザワザワする。

ようやく口から抜かれたころ、指は唾液まみれになっていた。その光る指をふたたび能登の胸へと連れて行かれる。

ぬめる指を小さな粒を結んでいる乳首に載せられる。唾液が潤滑剤になり、なめらかに擦っていく。

今度は全身がざわついて、舟は床にしゃがみこんでしまった。

「なんでっ、こんな…」

「俺、舐められるの好きなんだ」

その言葉に、誰かに乳首を舐められている能登の姿が思い浮かんだ。

とたんに、自分でも驚くぐらいドロッとした嫌な感情が胸を塗り潰した。頭のなかで電流が駆け巡っているような痛みと刺激が起こる。

これは嫉妬だ。

どうしようもなく口惜しくて、泣きたくなる。

能登がもう何年も前からセックスをしているのは想像がついていた。しかし、それを具体的に思い描くことはまったくできなかった。

けれどもいま、少し涙目になって眉根を寄せ、肌を上気させている能登を目の前にして、彼のセックスが現実のものとしてありありと迫ってきていた。

能登はもう何人もの――自分ではない何人もの人間とセックスをしてきたのだ。

それがつらくて仕方ない。

――そうか。僕は……。

信じられないぐらいつらいから、わかった。

――敦朗が、好きなんだ。

いつからかは、よくわからないけれども。

たぶんもうずっと前から、能登敦朗のことが好きで好きで仕方なかったのだ。

その好きな人の胸と口のなかを、自分の指が何度も行き来している。頭も身体も壊れてしまいそうで。舟は熱にヒリついている顔を深く俯けて、頼んだ。

「もう、帰ってくれよ」

珍しく、能登がすぐに従った。

ひとりになった舟は、ベッドに這い上った。能登が残していった熱がベッドから伝わってくる。

能登が顔を埋めた枕にぎこちなく顔を埋める。

能登の唇が触れていた場所に、唇が重なった。


「石井くん？」

呼びかけられて、舟はカップに可愛らしく盛られたアイスクリームから目を上げた。壁に四角いチョコレートブラウンとミント色のタイルが交互に貼られた店内には、白いテーブルと四脚の椅子が六セット。道路側の一面ガラス張りの窓は開放されていて、オープンカフェになっている。

竹中麻衣と、友達からという条件で付き合うことになった。

能登に宣言してしまった手前もあり、また異性と付き合えば少しは能登に近づけるような気がしたからだ。

学校帰りにこの店に行きたいと言ったのは、麻衣のほうだった。

舟はこんな洒落《しゃれ》たカフェなど来たことがなかった。いや、そもそもクラスメートとファストフード店に行くことすら滅多になく、母とも長らく外食していなかった。年に一、二度帰ってくる大学准教授の父親とふたりでレストランに行くことはあったが、堅苦しい高級店ばかりだった。父と会うのは疲れる。大して関心がなさそうな様子で、どうでもいい質問ばかりしてくるのだ。しかし、それをクリアすれば、数万円のお小遣いをくれる。母からは参考書を買う金すらもらえないから大切な収入源だった。

そんなわけで、女子が好みそうなオープンカフェは敷居が高かった。もし麻衣が外のテーブル席に座りたいなどと言い出したら、いたたまれない。そう危惧していたけれども、店内のテーブルを選んでくれた。

「外はちょっと恥ずかしいよね」

そう麻衣が小声で言ったとき、舟の心は少しやわらいだ。どうやら彼女は感覚が近いタイプらしい。実際、席についてからも落ち着かない様子で店のなかを見回し、そわそわしていた。

今日で五回目の友達デートだが、こういう子と恋人になれたら普通に幸せになれるのではないかと思えてきていた。

「私、つまんない？」

心配そうに訊かれて、舟は瞬きをする。

「つまらなくないよ」

「そ？　よかったぁ。なんか考えごとしてるっぽかったから」

「ごめん」

女の子に向ける用の不慣れな笑顔を作った。しかし女の子と一緒にすごすのはやはり疲れる。家庭のことを話したくない舟にとって、言葉でコミュニケーションしなければならない関係は難題だった。一時間ほどで店を出て、遠回りして麻衣を家まで送ってから帰宅した。自室に入り、ベッドにぐったりと横になる。天井を見ながら考える。

――少しは敦朗に追いつけてるのかな……。

オープンカフェでアイスを食べていたときもそんなことを考えていて、麻衣に指摘されたのだ。

その夜、風呂から上がって部屋に戻ると能登が来ていた。

すでに上半身裸という姿で、ベッドに仰向けになってくつろいでいる。からかうように質問される。

「竹中とは、どう？」

「今日、帰りにカフェに行った」

舟は手招きされるまま、ベッドの縁に腰掛ける。

「へぇ。楽しかったのか？」

「楽しかったよ。竹中さんはいい人だから」

能登に右手の中指を摑まれ、小さく実を結んだ乳首を撫でさせられる。ここのところ、能登は部屋に来るたびにこの行為をさせるのだ。

能登の呼吸が乱れる。

「どう、いい子なんだ？」

「一緒にいると、気持ちがなごむ」

爪《つめ》で、能登の乳首を引っ搔かされた。能登が目と唇を歪めて囁《ささや》く。

「いい子なんて、都合よく使い捨てられるだけだ」

「……僕は、そんなことしない。大事にするよ」

微笑してみせると、能登が軽蔑するような表情を浮かべた。そして乱暴に舟の指を使ってから、苛立った様子で部屋を立ち去った。

ベッドに腰掛けたまま、舟は自分の指を口元に運ぶ。指先をしゃぶりながら、能登の反応を引き出すために麻衣を利用していることに、自己嫌悪を覚えた。


朝の通学路で、後ろから肩を叩かれた。

振り向くと、だらしなく結ばれたネクタイが目の前にある。視線を上げる。

「檜山…」

日焼けした肌、爽やかな笑顔、茶色い短髪、驚くほどの長身。クラスメートの檜山一馬《かずま》——能登の親友だった。

彼から接触されるのは初めてで、舟は戸惑いながら挨拶する。

「おはよう」

「おう」

檜山が顎をしゃくって並んで歩こうと誘う。

比較されて自分が必要以上に貧相な体型に見えるだろうことを気にしながら、舟は少し離れて並んだ。檜山が軽い口調で訊いてくる。

「石井って、アツと近所だったんだな」

檜山は能登のことをアツと呼ぶ。

「え、あ、うん」

「仲いいんか？」

一緒にすごした時間が多いというだけで、一般でいう仲がいいとは違うはずだ。

「仲はよくない」

「こないだ、能登が石井んちに入ってってたの見た。夜中に」

「――え…」

檜山がくっきりとした強い目で舟を見る。

「なんでお前ら、学校では全然喋んねぇの？」

「……それはグループも違うし、別に喋ることもないから」

ふいに長い腕が伸びてきて、舟の肩を抱いた。長身を屈《かが》めて体重をずしりとかけてきながら檜山が言う。

「じゃあ、うちのグループに来るか？　むちゃくちゃ楽しいぜ」

地味な舟が、あの派手なグループに溶けこんで楽しめるわけがない。それを承知で、からかっているのだ。

舟は檜山の腕を振り払って、距離を取った。

「いいよ。僕はいまのままで」

檜山がおどけたように肩を竦める。

「そ？　なら、いーけどよ」

そして興味を失ったように、長い脚でずんずん歩いて行ってしまう。

――なんだったんだ…。

考えてみたら、舟と能登の関係を知りたいのならば、親しい能登に尋ねればよかったのではないか。それなのに、なぜわざわざ舟のほうに訊いてきたのか。笑顔や言っている言葉とは裏腹に、檜山からは威迫を感じた。

――もしかすると、敦朗に近づくなって言いたいのかな。

親友が、クラスでも地味で目立たない舟などと関わっているのが嫌なのかもしれない。

確かに能登の横にいて釣り合うのは、自分ではなく檜山のほうだ。実際、能登もこれまでの友人の誰よりも檜山と親しくしている。

噂話を思い出す。

『あいつら、サンピーヨンピーしてんだってさ』

強烈に刺激的な体験を、能登と檜山は共有している。

『俺、舐められるの好きなんだ』

能登が胸を舐められるところを檜山は見ているのだ。舟の知らない能登を、檜山は知っている。

檜山は能登の「特別」なのだ。

「…っ」

唇がひどく痛んで、自分が下唇を噛み締めているのに気づく。

――このままじゃ、どんどん置いて行かれる。

そう思うと、いてもたってもいられなくなった。

たぶん、それで焦っていたのだ。その日の学校帰り、麻衣と公園のベンチに座ったときに、舟は彼女にキスをしてしまった。麻衣は驚いたようだったけれども嫌がりはしなかった。

初めてのキスは、少女を利用した罪悪感だけを胸に残した。


梅雨《つゆ》の雨のなか、夜道を家へと向かう。

「遅いのな」

家に帰って自分の部屋のドアを開けたら、ベッドに能登がいた。制服のジャケットを脱いだ、白いシャツとモスグリーンのボトムという姿だ。ネクタイは外している。

時計はすでに九時を回っていた。

舟は微笑を浮かべる。

「竹中さんの話が面白いから。吹奏楽部でクラリネットやってるんだ」

能登が起こした背中を壁に凭せかける。少し伸びすぎた前髪が鼻筋にかかる。

「じゃあ、舟のも吹いてもらってるのか？」

一拍置いてから、なんのことを言っているのか理解する。本当はまだキスまでしかしていないけれども。

「まぁね」

予想外の答えだったらしく、能登が目を見開く。

そんな反応を引き出せたことにゾクゾクする。

しばし沈黙したのち、能登が唇を緩めた。涙袋を膨らませる。

「なら今度、２ＯＮ2するか」

「ツーオンツーって、バスケの？」

尋ねると、能登が身体を震わせた。

「バスケじゃないよ。舟と竹中麻衣、俺も女用意するから、四人でヤろう」

「やるって、なにを」

「セックス」

「……っ、そ、そんなの、できるわけないだろっ」

「なんで？」

「なんでって」

能登が上目遣いに見上げてくる。

「俺は舟がヤってるとこ見たい」

「――」

「舟は、俺がヤってるとこ、見たくないか？」

腰をきつく叩かれたみたいな痺れが起こる。

能登はどんなふうにセックスをするのだろう？　どんな表情をして、どんなふうに身体を使うのだろう？

小学生のころから知っている相手なのに、わからない。

「な、今度やろうな？」

愉しみでたまらない様子で押されて、舟の頭は揺れるように縦に動いてしまう。

頷いてから我に返る。麻衣にそんなことをさせられるわけがない。自分の身勝手さに寒気がした。

「敦朗、やっぱり」

能登がシャツのボタンを外していく。

「舟、来い」

また、舟の指を使うつもりなのだ。

吸い寄せられるように、舟は制服姿でベッドに両膝を載せた。開かれた能登の脚のあいだに座る。

右手を摑まれる。開いたシャツの胸元に手を連れこまれる。中指の先で、すでに粒になっているものを擦《こす》らされる。滑りが悪いのに焦《じ》れて、能登が舟の指を咥《くわ》えて濡らす。その指でふたたび左胸の尖《とが》りをいじる。

そしてまた、能登の口に指を含まれた。熱っぽく濡れた粘膜の感触。指に舌が絡みつく。能登が顔を前後に動かす。根本から先端までを唇でしごかれる。唇の内側が指に吸着して、捲れる。爪の付け根を甘嚙みされる。

――いつもと、違う。

舟はきつく肩を竦めた。これではまるで、フェラチオだ。

雨の音と、卑猥《ひわい》な行為の音が混じる。

湿気が身体の内側に溜まっていく。

指を胸へと戻されたとき、舟の指はみずから蠢いて、能登の乳首を捏《こ》ねた。捏ねるだけでは足りなくて、親指と中指の先で摘《つま》む。

「ぁ…っ」

能登の身体がピクッと跳ねた。いつも余裕ありげな能登が見せた過敏な反応に舟の心臓は大きく鳴った。親指と中指の先を開閉して小さな粒を揉み、それから指先を擦りあわせた。指のあいだで粒が転がるような感触が起こる。

「ん」

シャツのあいだから覗く、締まった腹部が捩《よじ》れる。

「……敦朗」

呼びかけると、焦点の定まらない目が舟を見詰めた。涙が膜を張って、虹彩の灰色と茶色が混ざる。

ねだるように命じられた。

「舐めろ」

「――――」

いまにも体内の湿気が外側に溢れてしまいそうで、舟は背を丸めた。そのまま能登の胸に顔を寄せる。キュッと密度を高くしている粒に震える唇を押しつける。

唇で触れるのは、指で触れるのとはまったく違っていた。

――熱い…。

熱くて、なまなましい。唇が痺れる。能登の高い体温を顔に感じる。

さらなる愛撫を促すように、髪を撫でられる。

舟は目をきつく閉じて、粒を唇で食《は》み、チュクチュクとしゃぶった。自分で自分のしていることが信じられないまま、口のなかの粒を舌先でいじる。

髪にかかる能登の呼吸が荒く乱れた。

ふいに後頭部を覆うように摑まれた。

「ダメだ…家までもたない」

掠れ声で呟きながら、能登が身じろぎをした。細かく金属が擦《こす》れる音がする。布を押し分ける微細な音。それから急に、くちゅりという濡れ音がたった。能登の身体中に力が入るのを舟は感じる。

――これって、まさか。

いくらなんでも、そんなことを始めるわけがない。

そう思おうとしたけれども。

「ぁ…、あ……、ぁあ……、ふ」

吐息と喘《あえ》ぎが混ざった声に、舟は耳の内側から鳥肌がたつような体感を覚える。大きなストロークで能登の右手が動いているのがわかる。独特の湿った匂いが鼻腔《びこう》をくすぐる。

舟は熱くなっていく舌と唇で奉仕しつづけた。

能登の呼吸と手の動きが小刻みになっていく。それに合わせて舌をくねらせてから、最後にきつく乳首を吸う。

能登の身体が硬直しきり、ビクンと震えた。それから幾度かゆるく震えて、長い長い溜め息をつく。溜め息の最後に、唇が舟のこめかみにきつく押しつけられた。

性器をしまう音と身じろぎ。

頭を抱えていた腕が消えて身体が離れても、舟は顔を上げることができなかった。ベッドから下りた能登が、舟の勉強机の前に行った。紙になにかを書く音がする。

「俺の携帯番号。教えてなかったよな」

その声の微妙な掠れ具合に、鼓膜がゾクゾクする。

能登が部屋を出て行く。

俯く先、着ている制服にも青いベッドカバーにも、白い粘液がねっとりと付着していた。

「…………」

自制しようとしたけれども、止めようがなかった。

舟は四肢をつく姿勢になり、右手を下腹に這わせた。制服のボトムの前を開く。その下のトランクスはぐっしょりと濡れていた。布を分けると、勃起しきったものが弾み出る。それを握る。

ベッドカバーの白濁を凝視しながら、手を動かす。腿や足先がヒクヒクする。腰がしなる。これまで能登に中指を使われるたびに起こっていた欲求は、これまで禁じてきたぶんだけ呆気《あっけ》なく崩壊した。

「あぁ…っ」

身体に溜まりきっていた熱い湿気が、どろどろと溢れていく。

4

「どういう、こと？」

初めてキスをした公園のベンチで、少女が泣きだしそうな顔をする。

「私、なにか嫌なこと、した？」

「違うんだ。竹中《たけなか》さんはなにも悪くない。僕が悪い」

彼女は本当に優しくて真面目な、いい人だ。

だからこそ、もうこれ以上、一緒にいてはいけない。そうでないと自分は身勝手な欲のために、彼女を乱交の生贄《いけにえ》に差し出しかねない。

麻衣《まい》が睫を濡らして問う。

「好きな子、できちゃった、とか？」

「――うん」

能登《のと》と一緒にいたい。頬を撫でられたい。……能登のいやらしい姿を見たい。

「……そ、っか。なんか、そんな気してたんだよね」

麻衣は両手で自身の顔を挟むと、圧迫するみたいにぎゅうっと押さえた。しばらくそうしてから、訊いてくる。

「私のこと、ちょっとは、好きだった？」

本当のことを答える。

「一緒にいて、楽しかった」

麻衣が顔から手を離す。その目と鼻と頬は赤くなっていた。泣く寸前で、ぜんぶの気持ちを抑えこんだ顔でちょっとだけ笑う。

「私も楽しかったよ」


「お前、竹中麻衣と別れたの？」

昼休み、教室で一緒に購買パンを食べていたクラスメートの三宅《みやけ》が、少し気を使う感じで訊いてきた。

「うん。一週間前に」

「まじで？　もったいねー」

「もったいないから」

「あ？」

「もったいないから、別れた」

麻衣と別れ、そしてまた能登には新しい彼女ができたらしい。あの雨の夜以来、能登は舟《しゅう》のところに来なくなっていた。教室では相変わらず、互いに声をかけない。

「全っ然、わかんねーんだけど」

三宅がさらに質問してこようと身を乗り出したときだった。その三宅を左右から押し退けるようにして、女子ふたりが割りこんできた。

クラスメートの窪田《くぼた》チカと大野凜子《おおのりんこ》だ。チカはセミロングの髪で女の子らしい印象、凜子のほうはショートカットでエネルギッシュな感じだ。

「石井《いしい》くん、お願い！」

ふたりが舟に向かって手を合わせる。

「数学教えて。期末、ホントーに危険なの」

「チカはまだいいよ。あたしなんて、中間、二十八点だったんだよ。二十八点。二十八点」

押し退けられた三宅が呆《あき》れ顔で言う。

「そんなんでよく、ここ入れたな」

凜子がいばる。

「だって、生徒会やって内申稼ぎまくったもん」

チカが鬼気迫る顔つきで畳みかける。

「石井くん、百点だったんだよね？　数学得意なんだよね？」

すると騒ぎを聞きつけて、わらわらと数人が集まってきた。

「え、なに。石井が数学教えてくれんの？　俺も混ぜてよ」

「いいよいいよ。放課後がいいよね。いつから始めよっか」

まだ舟がやると言っていないのに、凜子が勝手に仕切りはじめる。結局、三宅も含めた六人に放課後、数学を教えることになってしまった。

目立つことは苦手だし、家庭の問題もあって小学校のころから注目されるとロクなことがないと学んでいた。だから強い戸惑いを感じるものの、早く帰宅したところで能登は来ない。ひとりで部屋にいると、考えても仕方のないことを延々と考えてしまう。それならば、放課後を学校で潰すのはいいことなのかもしれなかった。

「石井くん、了解？」

凛子に確認されて、舟はちょっと苦笑しながら「了解」と答える。その舟の声は、教室の後方窓際のほうからドッと起こった笑いに掻き消された。なにごとかと振り向くと、輪の中心に能登と檜山《ひやま》がいた。檜山が能登に背後から抱きついてじゃれている。能登がそれを振りほどこうとして暴れていた。

チカがそちらを眺めて、ニヤニヤする。

「まぁた、イチャついてる。ラブラブだよね」

三宅が気色悪がる顔で突っこむ。

「ラブラブってなんだよ」

「え、知らないの？　デキてるって噂」

「ああ？　能登と檜山の話だぞ？」

「そうだよ。よくあるコトでしょ？」

「ねーよ。お前、腐ってんのか」

そのやり取りに、舟はふいにハンマーで頭を殴られたような衝撃を覚えた。

――敦朗と、檜山、が？

まったく考えていなかったけれども、それならば檜山が舟と能登の関係を気にしていたのも、それをわざわざ能登ではなくて舟に訊いてきたのも納得がいく。

それに、三人四人で乱交をしている仲なのだ。バイセクシャル的な肉体関係があってもおかしくないのかもしれない。

檜山が能登の胸を吸っている映像が頭のなかに浮かんでくる。檜山にされるときも、あんなふうに甘い声をたてて過敏に反応するのだろうか。

顔の表面が熱くなり、頭の芯が冷たくなる。

クラスのほとんどの人間が笑っているなか、舟は廊下へと逃げ出した。どこに向かうともなく足早に歩く。渡り廊下で足が止まる。

通路の両壁に並ぶ窓が強風にカタカタと鳴る。

その窓ガラスをすべて叩き割ってしまいたかった。


舟の特別授業が功を奏して、六人全員が期末試験の数学を無事にクリアした。そして放課後にしょっちゅう集まっていたせいで、その六人に舟を加えた七人で、夏休み中も会うことになった。

舟はあまり自宅にいたくないせいもあって夏休みに入ってからアルバイトを探したのだが、それを知った六人が弟や妹、さらには近所の子供の家庭教師の口を紹介してくれた。低料金で教え方もいいということで、教え子からもその親たちからもありがたがってもらえた。

「石井くんは、すごく努力家なのね。偉いわぁ」

家庭教師先で保護者にそう言われたが、舟には努力して数学を身につけたという感覚はまったくなかった。ただ現実から逃避するための道具にしていただけだ。それがいまや、こうして人から喜ばれたり、金を稼ぐという現実的な力に結びついているのだから、妙なものだ。

家庭教師のアルバイトがないときは、よく七人で集まった。映画、テーマパーク、プール、カラオケ、ファミレス。しかも、女子三人に男子四人の混成グループだ。

こんなことは中学までの舟にはまったく無縁だったから、不思議で新鮮だった。ただ同時にやはり違和感があって、常に一歩二歩離れて眺めている感覚はつきまとったが。

カラオケからの帰り道、ふたりになったときに三宅が訊いてきた。

「なぁ、大野のこと、どーすんの？」

日が落ちても、大気はむわっとしている。

「大野さんが、どうかした？」

訊き返すと、三宅が呆れたように「うわー」と言った。

「お前って、それ、天然鈍感？」

「天然でも鈍感でもないよ」

「自覚ナシってことは、ホンモノか」

三宅の観察によると、大野凛子は舟のことが好きらしい。

「あんまり一緒に騒がないのが、ガキっぽくなくていいんだろうな。それに、その雰囲気だし」

「雰囲気？」

「なんつーか、簡単に消えそうな感じ？　だから、大野みたいなお節介タイプはかまいたくなるんだろ」

よくわからない解説と分析だった。

しかし、三宅の読みは間違っていなかった。夏休みも終盤にさしかかったころ、舟は凜子からふたりで会いたいと言われ、ファミレスで告白をされた。

「あたしをカノジョにしてくれた暁には、石井くんのことをかならず幸せにしてみせます！」

照れ隠しもあったのだろうが、それはまるで選挙の公約のようだった。そういえば、凜子は中学のときに生徒会副会長をしていたのだ。舟は少し笑ってしまい、凜子も笑い、交際はできないと伝えたもののなごやかにすますことができた。

ファミレスを出た別れ際に、凜子が言ってきた。

「その『気になる人』とうまくいくといいね。石井くんは、どうも心配になるんだよね」

「どういう意味だよ」

「んー。なんていうの、アレ。……ほら」

思い出せたらしく、凜子が頭を縦に振り、舟のことを指差した。

「薄幸の佳人」

その言葉を聞いたとたん、母のことが頭に浮かんだ。

「……大野さん、意外と言葉を知ってるんだ」

「なにそれ。酷いなぁ。これでもけっこう文学少女なんだから」

最後にもう一度笑いを誘ってから、凜子はミニスカートを翻した。

三宅が言った「簡単に消えそう」も「薄幸」も、似たような方向の表現なのだろう。これまで周りと踏みこんだ付き合い方をしてこなかったから、他人から自分がどう見えているのかを言葉でフィードバックされたことは、ほとんどなかった。小学生のころは家のことで悪口を言われたものだが、舟だけへの純粋な評価というのとは少し違っていた。

幸せに縁遠いのなら、それはそれで諦めればいいのだと思う。そうして気持ちをコントロールできるようになれば、母のように壊れずにすむのだろうか。

夏休み、最後の日の夜。舟は勉強机の引き出しから手帳を取り出した。安物の薄っぺらい手帳だ。一月の一週目のページから順繰りにめくっていく。そこには単語や文章はなにひとつ書きこまれていない。

この手帳を手に取る人がいたとしても、存在意義を推測することは不可能だろう。しかし、舟にとっては非常に意味のある情報が書きこまれているのだ。

一ページごとに横線で七つに区切られた枠。その枠の右端に黒い点が打たれている。その点は四ページほど頻繁に続いたあと、十数ページのあいだ消える。そしてまた、点が打たれだす。

一番最近に打たれた点は六月十日だ。はっきりと思い出すことができる。雨の日だった。舟の部屋で自慰をしたあの日から、能登は来ていない。新しい恋人ができたのだろう。三ヶ月ほどで別れるから、次にここに来るのは九月の中旬ぐらいということになる。

「諦めて、待てばいいんだ」

自分に言い聞かせる。

能登のパターンを摑むまでは不安で仕方なかったけれども、三ヶ月ほどで戻ってくるとわかってからは、凌《しの》げるようになっていった。

いくら気持ちを乱しても、時計の針は進められない。

「九月になれば、また来てくれる」

しかしそう言い聞かせても、つらさはやわらがない。

来ないとわかっているのに、夏休みのあいだ中、苦しくて仕方なかった。

能登の恋人はどんどん変わっていく。でも親友である檜山は、変わらず能登の横にいる。それどころか、窪田チカの言うように、能登と檜山が特別な関係にある可能性もあるのだ。

「う…」

心臓にも肺にも胃にも、気持ち悪い黒いものが詰まっていた。吐き気とともに言葉が飛び出た。

「檜山なんて、いなくなればいい」

せめて檜山がいなければ、ここまで待つのがつらくなかったのではないか。

手帳の最後のページを開く。そこに書いた十一桁の数字を見詰める。この夏、どれだけの時間、この数字を凝視してすごしたかわからない。

——ここにかければ、敦朗に繋がる……。

いつでも能登の声を聞ける手段を手に入れながら、しかしやはりどうしても電話をかけることはできなかった。

舟は手帳をしまい、窓辺へと立った。夏の夜風がなまぬるく寄せてくる。一方通行の通りを挟んで斜め向かいに建つ豪邸を見詰める。能登の部屋は奥まった場所にあるからここからでは明かりが点《つ》いているかすら確認できない。

明日から二学期が始まれば、いくらでも教室で能登の姿を見ることはできる。しかし言葉を交わすことはない……気がつくと、また檜山に対するドロリとした思いが胸に詰まっていた。

夏休みのあいだ、檜山はどれだけ能登とすごしたのだろう。どんなふうに、なにをしたのだろう。

明日から始まる二学期。また教室で、じゃれあうふたりを見せつけられるのだ。

——……逃げ出したい。

いまの、この感情から逃げ出したい。衝動に駆られて、舟は窓辺を離れて部屋から出た。Tシャツにハーフパンツという部屋着のまま、スニーカーに足を突っこむ。

門を出て、一方通行のゆるやかな坂道を足早に下りていく。行き先は決めていない。ただ、自分と能登の家から離れたかった。十字路を右に曲がったときだった。背後から呼びかけられた。

「舟」

スニーカーの両足がアスファルトから浮きあがりそうになるほど驚く。

振り返ると、真後ろに伸びる道に能登が立っていた。Vネックのバスケタンクのようなデザインのノースリーブにブラックジーンズという格好だ。右腰にはウォレットチェーンが鈍く光っている。長い手足や、どこか気だるげな立ち姿のせいで、とても高校一年には見えない。

「……」

会いたかった——逃げ出したい。

どちらも本当の気持ちで、舟は身動きが取れなくなる。能登がなにかを警戒するようにゆっくりと歩いてくる。間合いが詰まったところで素早く手が伸びてきた。舟の肘をきつく摑んで、能登が息をつく。

そして、涙袋を浮かせた。

「どこ行くつもりだよ」

「……どこでもいいだろ」

「また三宅たちのとこか？」

なんでもないように訊かれて、目をしばたたく。どうして能登が夏休みの舟の動行を知っているのか……しかし、舟の意識はすぐに、能登の耳元で光っているものへと吸い寄せられた。耳たぶに小さな銀色の輪が嵌っている。

「ピアス？」

能登が指先で耳のリングに触れる。

「ああ、これ。キット使って檜山と開けあったんだ。冷やさないでやったら、けっこう痛かった」

見せつけるみたいに、能登が腰を屈めて顔を近づけてくる。舟はそむけた顔を斜め下へと伏せた。

檜山は能登と夏休み中、快楽も痛みも共有したのだ。

ピアスを檜山と開けあったことを、能登は一生忘れないのだろう。そして能登のピアスを見るたびに、自分は檜山のことを思い出すのだ。

――こんなのは、嫌なのに。

自分に怒る権利はない。それなのに、つらくて腹立たしくて仕方ない。

ほかの誰かといるときみたいに、一歩二歩離れて他人事みたいにできたら楽になれるのに、能登敦朗に対してだけは、どうしてもそうなれない。すぐに混乱して、上下左右もわからなくなる。いまも足の裏が宙に浮いているみたいだ。踏ん張れない。

能登にきつく肘を掴まれていなかったら、転んでしまっていただろう。

――もう嫌だ…っ。

小学五年の冬からリセットして、能登との関係をなかったことにしたい。あの屋上への階段でお守り袋の中身を知られることがなかったら、こんなつらい気持ちを味わうこともなかったのだ。

能登を好きになることもなかった。

「……いい加減、返してくれよ」

俯いたまま呟く。

「なにをだ？」

舟は濡れてギラつく目で能登を見上げた。

「お守り袋」

言いながら、バカみたいだと思う。能登はとうにお守り袋のことなど忘れてしまっているに違いない。ふたりのあいだでその話題が出ることはなくなっていた。能登と自分を繋ぐものなどなにもない。あるとすれば、それは能登の気まぐれだけなのだ。

「いいよ、もう」

肘を摑む手を振り払おうとして腕を振ると、能登が「ああ、アレ」と言って、ウォレットチェーンを引っ張った。革製の財布が出てくる。

チェーンの端に、財布と一緒にお守り袋がつけられていた。白糸で家内安全と記された紺色の――舟のお守り袋だった。

「……なんで、そんなとこに」

能登はそれには答えずに、財布を摑んで舟へと突き出した。お守り袋が揺れる。

「で？」

「――」

「誰をやりたい？」

『これを返すのは、実行するときだ。俺の前でやれよ』

その決めごとは、いまだに生きていたのだ。

幼い能登の声が訊いてくる。

『誰を切り裂く？』

檜山の顔が頭に浮かぶ。いま自分が切り裂いて消してしまいたい相手は、間違いなく檜山だ。動きかけた舟の唇が止まる。

もし答えれば、舟がなぜクラスメートという以外に接点のない檜山を憎んでいるのか、能登は推察するだろう。鋭い彼のことだ。きっとすぐ答えに辿り着く。

檜山の名前を口にすることは、能登に対する想いを告白するのに等しい。

ほかの誰かの名前を適当に答えようかと思うのに、頭が回らない。黙りこくってしまうと、財布とお守り袋がヒップポケットにしまわれた。

「帰るぞ」

肘を引っ張られる。

逃げようと腕を振ると、能登の手が外れた。しかしすぐにまた捕らわれた。今度は肘ではなくて、掌だった。

能登が家に向かって坂道を上りだす。

手をきつく繋がれて、舟の足も家へと向かう。

「……」

「……」

空っぽとは違う沈黙を守りながら歩いていく。舟が手を抜こうとするたびに、能登が手指に力を籠める。

前方から足音が聞こえてきた。手を繋いでいるのを近所の人に見られたら困るのに、能登がよけいに手を強く握る。若いサラリーマンはすれ違いざまに胡乱《うろん》げな視線を投げてきた。

相変わらず、足の裏で地面を踏めている気がしない。密着するふたりの掌も指も、熱っぽく湿っていた。繋いでいる場所から、恋愛感情が伝わってしまいそうで怖い。

百メートル足らずの距離が、ひどく長く感じられた。

舟の家の前で立ち止まる。立ち止まっても、能登は手を離そうとしなかった。

そして逃げようとしていたはずなのに、舟のほうもその手を離したくないと思ってしまっていた。

もう少しでいいから、一緒にいたい。この手を離してしまえば、九月の中旬までふたりきりで会うことはないのだろう。

苦しいなかで、ふと考える。

もしもいま、自分から部屋に来てほしいと誘ったら、どうなるのだろう?

これまで能登の訪れを一方的に待つばかりだったけれども、誘ったら案外、気軽に部屋に来てくれるのではないだろうか。

しかし、能登が部屋に来たら、前回の雨の夜のような行為をすることになるのかもしれない。

暑さとは違う種類の熱に、顔が火照る。

——どうすれば……。

その罅割《ひびわ》れそうに熟んでいる頬に、こそばゆさが起こる。

能登の指がすりすりとそこを撫でていた。

「敦朗…」

見上げると、能登が腰を折った。

なにかを確かめるみたいに、そっと顔が近づいてくる。能登の耳でチカリと銀色のリングが光る。

それを間近で見たとたん、誤嚥《ごえん》したときみたいに胸部が痛んだ。

「ッ」

舟は咄嗟に能登の手から手を引き抜くと、門を開けた。自宅の敷地に飛びこもうとして、背後から肩を摑まれた。

「しゅう」

掠れた小声で呼ばれて、思わず振り返る。

唇が一瞬、とてもやわらかいものに圧《お》された。

舟の見開かれた目のなかで、能登の顔がゆっくりと遠ざかる。

「おやすみ、な」

おやすみ、と言い返せなかった。

半開きになったままの唇のなかに、なまぬるい夜風が入りこむ。

能登の後ろ姿が斜め向かいの家へと消えてから、ようやくキスをされたのだとわかった。

痛いほど火照っている唇が、ぶるぶる震えだす。

――なんで…。

能登にとって、これはどんな意味があるのだろう。それとも、大した意味もなく同性とでもするのだろうか。

門を摑んだまましゃがみこんでしまう。

嬉しがっていいのか、いけないのか。

なにかを期待していいのか、いけないのか。

どうすればいいのかわからなくて、ただただ心臓が壊れてしまいそうだった。

5

スモークサーモンをふんだんに載せたサラダ。マッシュドポテトに、ぶ厚いステーキ。クリームシチュー、魚介類のパスタ。鶏の唐揚げ、天麩羅《てんぷら》、焼き魚。

それらを盛った皿が、テーブルから落ちそうな勢いで並べられていく。

今夜、一年ぶりに父が帰ってくることになったのだ。

母は朝から食材を買い歩き、珍しくキッチンに籠もって、これらを作り上げた。コーヒーを淹れに一階に下りた舟《しゅう》は、ダイニングテーブルを見てから壁の時計をちらと見た。

まだ午後六時半だ。父が何時に来るのか知らないが、早くに帰ってくるとは思えない。到着するころには料理は冷めきっているのだろう。

その予想どおり、九時を回っても父は現れなかった。

――まさか、帰らないつもりじゃないよな…。

そんなことになろうものなら、母は荒れ狂うことになる。自室に戻ってひそかに気を揉んでいると、階下から凄まじい音が響いた。階段を駆け下りて様子を見に行くと、ダイニングルームのフローリングの床に、砕けたガラスと緑と赤とサーモンピンクがぐちゃぐちゃになって飛び散っていた。

大きなガラスの大皿に盛られたサラダだったものだ。

舟に痩せた背中を向けていた母が、半端に振り向いて横顔を晒す。きちんと化粧された顔に、黒いまっすぐな長い髪。一重の目は怨嗟《えんさ》に濡れている。肉の薄い唇が呟く。

「忠志《ただし》さんがおかしくなったのは、舟が生まれてからなのよ？」

何度、聞かされたかわからないセリフだ。

そして母が気づいていないことを改めて確信する。

今日は九月二十日。舟の十六回目の誕生日だった。おそらく父は、それで今日帰ることにしたのだろう。いい加減な男のくせに、息子の誕生日は忘れないのだ。帰宅してもしなくても、誕生日のプレゼントを欠かさない。

十歳の誕生日のことが思い出された。その頃にはもう、父は月に一度も帰ってこなくなっていた。父は母と舟を食事に連れて行った。その帰り道に神社があって、舟はそこに駆けこんだ。そして追ってきた父にねだったのだ。紺地に白糸で家内安全と書かれたお守り袋を。

父は複雑な顔をして、それを買ってくれた。しかし舟が本当に望んだものはくれなかった。

お守り袋を開いて逆さにして振ってみたけれども、舟の家庭を守ってくれるものは入っていなかった。

白いニットのワンピースを着た母が身体を翻して手を振り上げながら、舟に向かってくる。その手が舟の頬を鳴らす直前に、玄関ドアが開く音がした。

母が肩を大きく上げて息を詰める。その目はもう息子を見ようとはしなかった。玄関へと走りだす。すぐに母は満面の笑みで、父とともに現れた。スーツ姿の父は眼鏡の下の目をちらと床に散らばるガラスと野菜とスモークサーモンに向けたが、特になんの表情も浮かべることなく、舟へと紙袋を渡した。誕生日のプレゼントなのだろう。

家族三人は床にぶち撒《ま》けられたガラスとサラダの中身を上手《じょうず》に避けながら歩き、いかにもつつがない様子で食事を終えた。

母は朝から全力で準備をして、疲れ果てたらしい。十二時を回るころにはリビングのソファで眠りこんでしまっていた。父が風呂を使っているあいだに、舟は凄まじい状態になっていたキッチンの後片付けをし、床のサラダの残骸を始末した。砕けたガラス皿を拾うとき、左手の人差し指の先を切った。血が盛り上がるのを見ると、身体中に張り詰めていた嫌な力が抜けていくのを感じた。小学生のころにお守り袋に入れたカッターの芯で味わった、懐かしい安堵感。

「ビールはあるか？」

風呂から出てきた父は、今日のために用意された新品の紺色の寝巻きを着ていた。舟が冷蔵庫から缶ビールを出して、ダイニングテーブルのうえに置くと、父は椅子を引いて座り、プルトップを開けた。

「座りなさい」

言われて、舟は斜め向かいの椅子に腰掛けた。

「母さんは相変わらずだな」

さっきまでは見事に隠していた苦々しい表情を父が浮かべる。母にしても父にしても互いに対して素《す》の感情を晒すことはないくせに、ひとり息子には平気で剝き出しにする。それがどれだけ舟の負担になるかなど、考えもしないのだ。

左手の人差し指がズキズキする。

どうして自分がこの家の緩衝材にならなければならないのか。家内安全の願いは聞き届けられることなく、家庭はとっくに壊れてしまっているのに。

——それなのに、どうしてまだ家族でいるんだろう？

本当にわからなくて、舟は父に尋ねた。

「なんで、母さんと別れないいんだよ？」

「どうした、急に」

父が物分かりの悪い子供を見る目をするのに、無性に腹が立つ。

「ここはもう、父さんの家じゃないんだろ？　母さんも僕も、父さんの家族じゃない」

「我が家や家族の定義次第だな」

「定義の話なんてしてない」

「流動学における粘性係数の話か」

父のはぐらかし方は、いやらしい。自分のフィールドに話を持っていって、相手を萎縮させて煙に巻く。舟も以前はそれで丸めこまれていたが、十六歳になったいまはその不誠実な姿勢を見抜くことができた。

「……いつまで、こんなこと続けるんだよ？　母さんを待たせつづけて残酷だと思わない？」

待つのはつらい。諦めきれずに生殺しのまま、期待に縋《すが》りつづける。

いつまでたっても、特別にはなれない。特別はほかにいる。

それならば、いっそ。

「二度と戻ってこなければいい」

舟の呟きに、父が顔を歪めた。そしてひとり言のように言う。

「粘性が高くて、独占欲が強い。だから極端に走る。お前は母親似だな」

「――」

実の父親からまで、幸せになれない人間の烙印《らくいん》を押された。唇が震えそうになって、舟は椅子から立ち上がる。そのまま無言で二階の自室に向かった。

勉強机について、大学数学の参考書を開く。現実からの逃避だ。自分は父の不誠実さも受け継いでいるのだと感じて、反吐《へど》が出た。参考書を閉じる。

財布だけ持って家を出た。

家から百メートル足らずの場所にある十字路で立ちすくむ。夏休みの最後の日、ここで偶然に能登《のと》と会ったのだ。家まで手を繋いで歩いて、キスをされた。

自分がいま、再度の偶然を期待してここに来たのだと気づく。

——会いたい……。

もう九月二十日だ。前回の六月十日から三ヶ月以上がすぎている。

もしかすると、もう二度と来てくれないのではないか。

あのキスにはなんの意味もなかったのか。

実際、学校で顔を合わせても、能登はなにも変わった様子はなく、相変わらず檜山《ひやま》とじゃれている。

舟は長いこと十字路の隅にしゃがんでいたが、偶然は訪れなかった。膝を伸ばして立ち上がる。重力が何倍にもなったかのような体感を覚えながら、夜道を歩きだす。半袖のTシャツ一枚では肌寒くて、スウェットパンツのポケットに手を入れる。

地面ばかり見ながら一時間ほども歩いただろうか。気がつくと、ふた駅隣の駅前まで来ていた。ロータリーに建てられているポールのうえの丸時計は十二時三十分を示していた。いつの間にか誕生日は終わっていた。

「もう、嫌だな」

これまでの十六年間、ひたすら沈まないように泳ぎつづけてきたけれども、ここは夜の海の真ん中のようだった。なにも見えない。ここからどっちの方向に泳げばいいのかもわからない。

「…………」

時計の足元に、透明なボックスがふたつ並んでいる。舟はそのうちのひとつに入り、受話器を手にした。十円玉を何枚か投入する。暗記してしまっていた十一桁《けた》の数字を押す。

六コールで、相手は出た。カラオケボックスにでもいるらしい。受話器から華やかな女の子の歌声が流れだす。

公衆電話からかかってきた電話を不審がる声が訊いてくる。

『誰？』

喋らなければ切られてしまう。なにを喋るのか決めないまま、口が勝手に動いた。

「……」

「決めた、から」

『──舟？　舟なのか？』

「決めたから、アレを返して」

部屋から出たらしく、能登の背後の歌声が遠ざかった。落ち着いた声がくっきりと返ってくる。

『わかった。いま、どこにいる？』

駅名を答えると、能登は十分で行くからそこにいろ、と言って電話を切った。

舟は時計のポールに背を預けて待った。

能登が駅の階段を駆け下りてくるのが見える。真っ暗ななかに、ポッと光が灯るのを感じて、舟は光に向かって歩いた。勘違いはしていない。この光は自分のものにはならない。

自分ではよくわかないけれども、おかしな様子なのかもしれない。目の前に立った能登が、不安そうに目を眇めた。

「本当に、決めたのか？」

確認されて頷き、右手を差し出す。その手に、お守り袋ではなくて能登の手が落ちてきた。握られる。

「ここなら近くに行きつけがあるから、行こう」

深夜営業のファミレスかなにかで話を聞こうとでもいうのだろうか。そんなものは必要ないと思うのに、ただ能登に手を握られているだけで身体の力が抜けそうになって、連れられるままになる。

しかし、能登に連れこまれた建物は飲食店ではなかった。

「……ここ」

それは舟が一度も足を踏み入れたことがない、休憩時間料金が掲げられているタイプのホテルだった。舟が困惑しているあいだに、能登は内装写真つきのパネルから部屋を選んで、エレベーターに乗った。手はずっと繋いだままだった。

部屋に入って舟をベッドに座らせると、ようやく能登は手をほどいた。かなり強く握られていたらしい。舟の手には、能登の手指の跡が赤くついていた。

能登が備えつけられている冷蔵庫からコーラをふたつ取り出して、ひとつを舟に渡した。そういえば、初めて能登が部屋に来たとき、コーラを買いに走らされた。あれ以来、舟の家の冷蔵庫には常に能登用のコーラが入っている。

甘くて少し痛い炭酸飲料をひと口飲んで、改めて部屋を見回す。

この手のホテルに対してなんとなく持っていた先入観とは裏腹に、モノトーンを基調にしたシックな部屋だ。少しだけ能登の部屋を彷彿《ほうふつ》とさせる。ただ、浴室はガラス張りで、ベッドの枕元のボードには避妊具が置かれていた。それと、ベッドがとても広い。

——行きつけって、言ってた。

このベッドなら三人四人で使うこともできるだろう。嫉妬に手が震えるから、缶をベッドのヘッドボードのうえに置いた。能登も缶をローテーブルに置いてベッドに載り、中央で片膝を立てて座った。彼の七分袖のシャツの裾から、ウォレットチェーンが覗いていた。あの先に、お守り袋がある。

「で？」

立てた膝に頬杖をついて、能登が小首を傾げる。

五年近くかけて出した答えを、舟は口にする。

「自分」

「え？」

能登の身体が前に傾く。

「石井《いしい》舟をズタズタに切り裂きたい。敦朗《あつろう》の前でしろっていうなら、そうする」

能登がまっすぐ見返してきた。感情の読めない眼差しが怖い。

けれども怯《ひる》まずに、舟は手を差し出した。

「だから、返してくれよ」

身じろぎもしない能登に焦れて、ベッドに両膝をついて、彼の右腰へと手を伸ばす。ウォレットチェーンに指先が触れた瞬間、能登が深く身体を捩って、舟の顔を覗きこんだ。

——……今日はピアス、してないんだ。

そんなことを思っていた。

唇に圧迫感を覚えて、咄嗟に目を瞑《つむ》る。それは去ったかと思うと、またすぐにぶつかってきた。

唇に被さる、熱っぽいやわらかさ。

ゆるく目を開けば、能登の伏せられた瞼が近すぎる距離にある。

心臓が極限まで竦んでから、跳ね上がる。

唇に、唇を擦りつけられる。なにかを喋るみたいに能登の唇が蠢く。

驚きと呼吸ができない苦しさに唇を開くと、視界に灰色と茶色が絡む虹彩が拡がった。下唇をついばまれていく。

舟の左手の指は、ウォレットチェーンに絡んだまま動きを止めていた。

恥ずかしい音をたてて、唇が離れる。能登が首を傾ける角度を深くして、また顔を近づけてくる。

心臓が壊れてしまいそうで、舟は逃げようと身体を退《ひ》いた。それなのに、舟の両脇に手をついて、能登が覆い被さってくる。その広い肩を押す。

「あつろ、うっ」

「ズタズタにしたいぐらいどうでもいいなら、いいだろ」

「——」

また唇が重なって……今度は舌が口のなかにもぐりこんできた。なまなましい感触に鳥肌がたつ。

いたたまれなさに震える睫をきつく閉じあわせる。

混乱しつつも、能登の言うとおりだと思う。

棄《す》てようとしている自分に、抗《あらが》う権利はない。抗えば、棄てたくないと言っているのも同然になる。

気がついたとき、後頭部が枕に沈んでいた。

ゆるゆると舌を舐められている。細い電流が身体のあちこちに走る。頭の内側が白んでいく……それは眠りに落ちる瞬間の意識が揺らぐ感覚に、少し似ていた。

朦朧《もうろう》としている舟はスウェットのパンツと下着のウエストをくぐる手の感触に気づく。気づくけれども、口での行為にいっぱいいっぱいで、まともに抗うことができない。性器にじかに、能登の指先が這う。

「う…、ン」

かたちを辿られて、そこが張り詰めて濡れているのを知る。

亀頭を撫でられる。くすぐる程度の弱い刺激なのに、腰が内側から縮こまる体感が波のように訪れる。腿に、膝に、ふくらはぎに、爪先に、硬直が拡がっていく。

舌まで強張ったとき、能登が顔を上げた。

真上から見下ろされながら、舟は薄い唇を上下に捲るように開く。声を出さずに、叫ぶ。

能登が手の内側で粘つく体液の流れを受け止めた。そうして舟が果てる顔を瞬きもせずに見詰める。

舟も視線をそらすことができなくて、眇めた目に能登を映したまま何度も腰を震わせた。

最後のひと波を出しきって、くったりと目を閉じる。ふと、自分が左手になにかを握り締めているのに気づく。鉄の鎖だ。思い出して、呟く。

「……お守り袋」

手のなかから鎖が抜けた。

能登が舟のうえから退く。マットレスが揺れて、耳元でジッパーの金具が細かく鳴った。左耳の下を掌で押されて、頭が右側に傾く、
口の狭間に、どろどろに濡れた熱いものを擦《こす》りつけられた。

「ん…ぅ」

そむけようとする顔を乱暴に押さえつけられた。口の端から指が入ってくる。奥歯の嚙み合わせを開かれた。歯のあいだに、異様に硬くて太いものを捻《ね》じこまれる。

あまりの苦しさに目を開く。

しかし、目を開いてもなにが起こっているのかよくわからなかった。能登の着ている青いシャツが見える。その裾から出ているものが口のなかに入っていた。

「う、う」

舌に、ぐにぐにとそれの先端が押しつけられる。キスで口内に溜まっていた唾液がどろりと唇の輪から溢れた。そのせいで滑りがよくなったらしい。なまなましい感触の幹がずるずると前後に動きだす。

――これ……。

舟は目を見開き、能登の顔を見上げた。

涙袋を膨らませて目の輪郭を歪めているその顔は、扇情的で嗜虐《しぎゃく》的だった。

自分がフェラチオという奉仕を強《し》いられているのだと気づいて、舟は思わず抵抗した。全身でもが

いて、なんとか口から性器を抜く。舌が大量の先走りでぬるついている。

能登が見くだす表情で訊いてくる。

「できないのか？」

乱交し慣れている能登にとっては、こんな行為をさせるのはごく普通のことなのだろう。しかし舟にとってはあり得ないことだった。できるわけがないと思ったが。

「――檜山、は」

「ん？」

「檜山は、する？」

無言のまま、能登の表情が蕩けた。それが答えだった。

能登がふたたびペニスを舟の口元に運ぶ。太い茎は白みがあり、先端にいくに従って赤くなっている。先端の縦の目はびしょびしょに泣き濡れていた。その目に、舟は震える舌先をたどたどしく這わせる。

檜山より上手にしたい気持ちはあるけれども、能登のサイズに口を開くのすらつらい。しかも咥えているうちに、それはさらに太さを増した。歯を立ててしまい、能登が短く呻《うめ》きながら腰を退いた。

「ご、めん」

濡れそぼった口で謝ると、肩を摑まれた。うつ伏せにされて、背中から体重をかけられる。

「敦朗…重た――」

Tシャツの内側に、能登の両手が這いこんでくる。みぞおちから胸へと滑り鎖骨をなぞられる。項をしゃぶられる感触に、舟はもがいた。

「くすぐった…ぃ、っ」

鎖骨から胸へと十本の指が下がる。みぞおちまで下がってから、また鎖骨へと上る。幾度か往復するうちに、指が突起に引っかかって止まった。凝《こご》りかけている粒を乳輪ごとふにふにと揉まれる。親指と中指で粒をせり出されて、先端を人差し指ですりすりと撫でられる。

「うう」

こそばゆいような曖昧な感覚が、なま温かい痺れへと変わっていく。

耳の裏側の付け根の丸みを舌で舐め上げられた。そのまま軟骨を食まれ、耳腔へと濡れた柔肉《やわにく》が侵入する。孔《あな》の壁を唾液が伝っていくのを感じる。

胸の粒を凝固させてから、能登の両手がずるりと一気に下に滑った。スウェットのパンツと下着を一緒くたに摑んで下ろされそうになり、舟は能登の手首を摑んだ。

「なに、……っ」

抵抗も虚《むな》しく、臀部が剝き出しになる。身体を仰向けに転がされ、能登が膝のうえに座る。舟は腿の半ばまで下ろされた衣類を上げようともがいた。Tシャツの裾も捲れているから、下腹が剝き出しになってしまっていた。先端をしとどに濡らして反り返った器官が根元からふるふると揺れる。

「しっかり、やらしいのな」

能登が呟きながら、舟のペニスに手を伸ばす。

引き上げられない衣類を摑んだまま、舟は息を吞《の》んで自身の下肢を見詰めた。能登の手に恥ずかしい部分を握りこまれる。

「ぁ…」

搾《しぼ》られると、先端から白い残滓《ざんし》混じりの蜜が溢れた。それが能登の手を伝っていく。親指と人差し指で先端の割れ目を開かれる。とろとろになった小さな孔がヒクつくのが見えた。

能登が跨る位置を変えて、上体を伏せた。大きく出された舌が、粘糸を漏らす孔に近づく。近づけながら、まだらな淡色の眸が上目遣いに舟の顔を見る。

舟は首を横に振ったけれども、尖らされた舌先が孔に宛がわれた。まるで感電したみたいに舟の身体は跳ねた。実際、下腹から全身のいたるところへと激しい痺れが走っていた。

能登が頭を動かすと、尿道の口が焼けるように熱くなる。

「や、ぁ、やだ…っ」

両手を能登の頭にかけて外そうとするのに、まったく力が入らない。

舌が動くたびにビクビク身体が跳ね——腰の後ろがクウッと収縮していく。極限まで収縮したのち、能登の赤い舌が白く染まった。

痙攣《けいれん》する身体を、またうつ伏せに返される。腰を摑まれて尻だけ上げさせられた。双丘《そうきゅう》の狭間に二本の親指が這いこみ、薄い肉を左右に分けられる。自分でも見たことのない脚のあいだを能登に見られていた。

闇雲《やみくも》に逃げようとすると、手がベッドの端からがくんと落ちた。床に片手だけついた不安定な姿勢のまま、後孔の窄《すぼ》まりを白い舌で舐められる。それは身体中の関節から力が消えていくような体感だった。

ベッドの外側に垂れている頭がぐらぐらする。自分の出したばかりのものを、粘膜のなかに押しこまれた。親指で、さらに奥の内壁になすりつけられる。

違和感と痛いほどの恥ずかしさに、すすり泣くような音が口から漏れる。内臓の腹側の一点を擦られると、その音がひと際高くなる。鳥肌がたって、茎の中枢をどろっとしたものが流れた。

「また少し真っ白いのが出てるぞ」

能登の言葉で、自分が三度目の射精をしたのだと知る。自分の身体なのに、なにが起こっているのか把握できない。下げている頭がボーッとする。こめかみがドクドクしている。

視界に広がる床に、小さな正方形のパッケージが投げ捨てられた。首を曲げて背後を見ると、能登が中指に避妊具を被せていた。ローションでぬるぬるにコーティングされたそれを体内に送りこまれる。

胸よりうえがベッドから落ちてずるずると床に流れそうになるたびに、鉤《かぎ》状に折り曲げた指で粘膜の弱いところを抉《えぐ》られて引き戻される。まるで釣り針にかかった魚のように、何度でも引き戻される。

体内の指は一本から二本になり、また一本に戻されたのちに三本になった。それからまた一本になり、二本になり、三本になり、四本になる。さすがに四本目の小指は先端しか入らなかった。

その四本を一気に引き抜かれると、身体の真ん中に穴が開いているのをはっきりと感じた。濡れた穴だ。性器でないはずの場所を無理やり性器にされたのを感じる。

膝のあたりでわだかまっていた衣類を脚から引き抜かれ、ベッドに仰向けにされた。なすがままに開かれた脚のあいだで能登が膝をつき、青いシャツと下肢の衣類もすべて脱ぎ捨てる。

同学年とは思えないぐらい大人に近くて、でもやはり同学年らしいしなやかさのある裸体だった。なにか現実ではないみたいで、自分はなにをしているのだろうと舟は揺らぐ意識で思う。

能登が新たな避妊具のパッケージの口を破く。コーティングのローションを性器の表面になすりつけると、ゴム自体は投げ捨てられた。

舟の両膝の裏に手が入り、腰が浮くほど身体を折り曲げられる。脚の狭間をぬるつく硬いもので押される。蕾《つぼみ》が圧迫に開く。

「や…だよ――敦朗…」

圧迫感がどんどん酷くなっていく。襞《ひだ》が裂けそうになったとき、ふいに痛みがいくらか緩んだ。先端の張りが通り抜けたらしい。でもまたすぐに中太りの幹の直径は大きくなっていく。

「いた、い…ぃ、ぃたい…、ん…、っ、ふ」

苦しいのに、さっきさんざん教えこまれた体内の過敏な部分を亀頭で押されて、舟は能登のペニスを食んだ。

「太、すぎるよ、硬くて、……なか、壊れ、る」

不安定に震える瞼をなんとか上げて、訴える。

視線が合って、能登が呟く。

「こんな、なんだな」

セックスのときの表情も、身体の内側までも、能登に知られてしまっていた。

顔をそむけてなんとか繋がりを抜こうともがくのに、額を押さえつけられ、さらに奥へと入りこまれる。苦しさに目をきつく閉じて訴える。

「見る、なっ」

「見ろよ」

能登がわずかに腰を引いては、より深部へと押しこむ動作を繰り返す。

「ぅ…、ぁ…」

「俺を見ろ――っ、ん」

脚のあいだに、能登の下腹がぶつかった。その衝撃で、舟は思わず目を開けた。

――……あ。

すぐ間近に顔があった。

自分のなかにペニスをすべて挿れている、能登敦朗の顔。頬や耳が上気し、目の縁が痛々しいほど赤くなっている。眉が甘く歪み、睫がしとどに濡れている。その睫がのろりと瞬きをする。舟の額を押さえていた手が拳を握り、腰がしなる。広い肩を窄めるようにして背を丸めて。

「あぁ」

溜め息交じりの掠れ声を、腫《は》れた唇が漏らした。

――こんな、なんだ。

さっき能登が呟いたのと同じことを、舟は胸のなかで呟く。

能登のことは、彼が十歳のときから知っている。普通の友達のようではなかったけれども、とても長い時間を彼とすごしてきた。その彼が、セックスをしている。

自分と。

「ぁ…あ、っ」

痛みに、どうしようもなく甘い感覚が絡んで、舟は小さく声をたててしまう。

するとそれに応えるみたいに、腰を使いながら能登も声を漏らした。

「ん…っ、あっ、あ…、っ、…しゅう」

触覚だけではなく、視覚も聴覚も犯されていく。体温が高くなっているせいなのか、能登の匂いが鼻腔に満ちる。少し甘くて爽やかな葉っぱのような匂いだ。唇が重なって、舌を舐められる。能登の味がするような気がした。

……世のなかの人たちは、どうしてこんな怖いことを平気でできるのだろうと、揺さぶられながら舟は思う。

溺れさせられて、本当に窒息してしまいそうだった。

ふいに、能登が舟の両肘を左右の手でグッと摑んだ。まるで縋りつくみたいにして、身体を震わせる。

――ぁ……、なかに……。

能登の体内にしまわれていたものが、舟のなかへと烈《はげ》しく移し替えられていく。

唇が重なる。震えているのは、自分なのか、能登なのか。

その震えが、舟の意識をぼろぼろに崩していった。

重たい瞼をなんとか開ける。

「…………」

どうして能登と同じベッドで寝ているのか、ここがどこなのかを思い出す。

好きでたまらない人とセックスをしたのだ。

嘘のようだが、妙にリアルに行為の細部を思い出すことができるから、あれは本当にあったことなのだろう。

ヘッドボードに埋めこまれた時計を見る。六時四十分だ。

だるさと腹部の疼痛《とうつう》に抗いながら、起き上がる。

マットレスの振動で目が覚めたらしい。能登が舟の裸の腰に手を伸ばしてきた。わずかに肌に触れられるだけで身体中の力が抜けてしまいそうになるから、慌ててその手から逃れた。

「学校に行く」

「あ？」

能登が眠そうに眇めた目で瞬きをする。

自分の人生は終わらずに、続いてしまった。続くからには、日常を生きなければならない。

舟がシャワーを使って身支度を終えると、「今日ぐらいサボれよ」と愚痴りながらも能登も一緒にホテルを出た。

身体の真ん中に重い違和感があって歩くのだけでもつらい状態だったが、舟はそれを能登に悟られないように努め、電車で二駅移動して駅から自宅へと戻った。

どうやら能登はサボることにしたらしい。八時半の始業時間に、彼の姿は教室になかった。

舟はといえば登校したまではよかったが、昨夜の一連のできごとが次から次へと思い出されて、授業内容などまったく頭に入らなかった。恥ずかしくて顔を上げられず、一時間目の授業が終わっても俯いていると、前の椅子に逆に跨るかたちでガタンと人が座った。

「なあ、石井」

檜山の声だ。舟は目を伏せたまま返す。

「なに？」

「アツはどうした？　あいつ、昨夜から連絡取れないんだよな。学校来てねぇし」

なぜ、今日に限って能登のことを訊いてくるのか。表情が強張る。

「どうして僕に訊くんだよ」

「だって能登と会ったんだろ。昨日の夜」

驚いて思わず、目を上げてしまう。

「なんで、そのこと」

「だって、カラオケしてるとこに電話してきたのお前だろ？　アツ、そのまま消えやがった」

「……」

能登とのあいだにあったことを見透かされてしまいそうで、背筋が震えた。檜山にとってはなんでもないことでも、舟にとっては衝撃的なできごとだったのだ。五官すべてが能登との初体験に染め上げられている。

明るい教室のなかで、自分だけが非日常のなかにいた。

檜山が舟をじっと見詰め、太い眉を歪めた。

「なあ本当に、お前ってアツのなんなの？」

その答えは舟のほうこそ知りたかった。

そして昨夜のできごとで、よけいにわからなくなってしまっていた。

同じことをしていても、檜山は親友という前提があるからいい。しかし舟には、適切な言葉で括《くく》れる関係性がないのだ。

友達のように対等ではない。恋人では、もちろんない。

――でも昨日は駆けつけてくれた。

駅の階段を駆け下りてくる能登を見たとき、心が震えるほど嬉しかった。

黙りこむ舟に、苛ついた声音で檜山が問う。

「なんのためにアッを呼び出したんだ？」

「え、あ、返してもらいたいものがあったから」

答えてから思い出す。

――そうだ。お守り袋を返してもらうはずだったんだ。

もし返してもらっていたら、こうしていま教室にいることはなかったのだろう。

でも本当は、お守り袋が言い訳でしかなかったのを自覚している。茫洋《ぼうよう》とした暗い海のなかにひとりでいるがつらくて、能登に縋った。声を聞きたかった。会いたかった。その代償を命で支払ってもいいほどに。

6

Tシャツとハーフパンツの下の肌を細く汗が伝う。

ベッドに腰掛けた能登《のと》の、長い脚。その脚のあいだで、舟《しゅう》は床に跪いている。前後に大きなストロークで動かしている頭を、能登が両手で挟み、固定した。口内のものが苦しげにくねってから、弾けた。

口からゆっくりと抜かれたペニスと舟の口のあいだで、粘つく白い糸が弧を描いてたわむ。飲みにくい粘液を、唾液で薄めながら嚥下していく。

まだすべてを飲みこみきらないうちに、二の腕を摑まれて膝立ちさせられた。上半身裸の能登の左胸へと唇を誘導される。そこでぷくりと粒になっている乳首を口に含む。

「あぁ…、舟」

甘えるような掠れ声に、舟は下腹部に差しこむような痛みを覚える。下着のなかで性器がパンパンに膨れ上がってしまっていた。トランクスとハーフパンツの脚繰りの隙間《すきま》を縫って、内腿へと透明な蜜が垂れていく。

後頭部の髪を引っ張られて胸から顔を離すと、赤みの強い粒に白い粘液が付着していた。能登が自身の胸を見下ろして喉で笑う。

「ミルク出た」

笑いながら、舟の唇を舐める。そのまま、白濁の残る口内を舐められる。

みずからの精子を口にするのは気持ち悪くないのだろうかと、いつも疑問に思う。しかしすぐに頭と腰がいやらしい痺れに埋めつくされて、なにも考えられなくなった。能登が手の甲をハーフパンツの前に当ててくる。すりすりと擦られる。

ほとんど耐えることができずに、舟は腰を引き攣《つ》らせた。腿の内側を、重たい粘液がもったりと伝うのを感じる。

快楽と暑さに、意識が蕩ける。舟がぐったりしたのに気づいた能登が、口から舌を抜く。

「横になってろ」

ベッドに転がされて、舟は目を閉じる——ふりをして、睫の狭間から能登を見上げる。

カーテンの布地で漉《こ》された秋の陽射しのなか、能登はカーゴショーツの前から下着を覗かせた姿で片膝を立ててベッドに腰掛け、ボトル入りのコーラを飲んでいる。ぬるくて炭酸も抜けているのだろう。まずそうな顔をして、それでもまた飲む。

そうしながら、淡いまだらな色合いの目で舟の左脚をじっと見た。

そこに伝っている白い体液を見られているのだとわかって、舟は身を竦める。

一年前、誕生日の夜にホテルに行ってから、能登は舟の部屋に来るたびにこういうことをするようになった。ただ、最後までの行為をしたのはあの一回きりだった。能登が強引に持ちこまないせいもあるが、舟が拒むのが最大の理由なのだろう。

身体の関係になってしまった以上、次々と取り替えられる能登の恋人たちと同様に、自分もいつか飽きられるのではないか。二回目のセックスをするのが怖いのは、そういう理由もあった。

しかし飽きられるのが怖いからといって、檜山《ひやま》のように乱交に付き合うこともできない。能登がほかの誰かとキスをするところを見ただけで、きっと嫉妬でおかしくなってしまう。その相手を傷つけずにはいられないだろう。

自分のなかの狂気じみた烈しさが、おぞましい。

『粘性が高くて、独占欲が強い。だから極端に走る』

あの父の言葉は真実だったのだ。

変化があったのは肉体的なことだけではない。前は、恋人ができたとたんに部屋に来なくなったが、いまは週に一度は来る。その代わり連日のように来ることはなくなった。

「――」

能登の視線が身体中を這いまわりだす。薄目を開けているのを気づかれないように目を閉じる。長い静けさが落ちて、ベッドが軋んだ。ひとりぶんの体重が消える。窓の開閉音と遠ざかる足音。次は一週間後だと思うと、ベッドから跳ね起きて追いかけたくなる。

でも、そんなことをして粘着質だと気づかれたら、気持ち悪がられてしまう。

どうにかして週に一度の訪れを守りたい。

もしこれが月に一度になり、年に一度になったら、絶対に耐えられない。最近、母の気持ちがよくわかるようになった。もし自分が母の立場だったら、母と同じぐらい壊れて、身勝手になるのではないか。

弱さは、遺伝しやすいのかもしれない。

能登と性的に触れ合うたびに、彼に対する記憶と感情が絡み合って、貪欲になっていく。触れ合うほど、自分に独占する権利があるような錯覚に陥りそうになる。

一年前には諦めて三ヶ月も待てていたのに、いまは一週間待つのもつらい。コントロールが利かなくなって、自分がどんどん脆《もろ》くなっていくのがわかる。

こんなふうに簡単に涙が出ることなど、以前はなかった。


桜の樹から、赤や黄色や茶色の葉がひらひらと降ってくる。それにときおり打たれながら校門を出たところで、肩をぐいと抱かれた。

「石井《いしい》捕獲」

舟はその長い腕を肩から外して、檜山を見上げた。どういうわけか、高二になってからやたらと檜山が接触してくるようになった。けれども、それは能登がいないときに限られている。おそらく能登は、舟と檜山が月に二、三度ファミレスで一時間ほど話すことを知らないのだろう。

「行こうぜ」

誘われて、いつものファミレスに入る。

テーブルにつくと、檜山は財布の小銭入れからピアスを出して耳たぶにつけた。銀のリング状のそれは、能登がよくしているものと同じだ。

ふたりともドリンクバーだけを頼んで、檜山も舟もコーラをグラスに注いだ。話題が、コーラが好きな男に関するものだからだ。

ここで舟は能登敦朗《あつろう》に関することを、たくさん檜山から聞かされた。能登と知り合ってからもう七年近くたつのに、檜山から間接的に教えられることのほうがずっと多い。

それが口惜しくて嫉妬を覚えるのに、檜山の話を夢中で聞いてしまう。

たとえその内容が、いかに能登が性質《たち》の悪い男であるかについてだったとしても……。

実際、客観的に見れば、能登敦朗は酷い男だった。

女の子に告白されるままに付き合いはじめるものの、能登は滅多に自分からは連絡を取らない。セックスをしたいときだけ都合よく相手を呼び出す。そして飽きてくると、檜山も交えた乱交をする。

女の子に無理強いすることはないらしいが、能登はその手のことに積極的な子と好んで付き合うから大概、応じるのだという。それでも結局、三ヶ月もすれば能登の関心は完全に失《う》せてしまうのだ。

「アツのアは、飽きっぽいのア。悪魔のア。あばずれのア」

檜山がにやけとうんざりが絡まった表情で語る。

「完落ちしたら飽きるわけ。ポイされた子に泣きながら相談される俺の身にもなってほしいっての。でもまぁ、アツが歪んでんのも仕方ねぇか」

ほとんど口をつけていないコーラのグラスを両手で温めていた舟は目を上げた。

「歪んでても、仕方ない？」

「だろ。小学生であんな目に遭ったんじゃあな」

「……あんな目って」

舟は思わず身を乗り出した。檜山が瞬きをしてから、呆れた顔になる。

「お前、幼馴染みのくせに本当になんにも知らないんだな」

「もしかして、公立に転校する前の話か？」

「そうそう。お坊ちゃまお嬢ちゃま学校に通ってたころのことだな。その事件が起きて、アツは不登校になったんだとよ——聞きたいか？」

檜山を優越感に浸らせるのは腹立たしかったけれども、背に腹は替えられない。舟は深く頷いた。

檜山がテーブルの中央近くに肘をついて、身体を深く前傾させた。ぼそぼそした声のトーンになる。

「アツが小学四年生のころな。あいつのいた付属小学校で、飛び降りがあったんだ。下に木があったお陰で命は助かったんだけどどな」

「飛び降りって、教師が？」

「いや、アツと同じクラスの男子。親が事業に失敗して急にビンボーになったとかで苛《いじ》められてたらしい。んで、まぁ各種イジメで追い詰められて、屋上からポーンしたわけだ」

「屋上……」

「んで、その屋上に一緒にいたのがアツだった。飛び降りた本人はなんか前後の記憶が飛んでて証言があやふやで、学校のほうはそりゃもちろんイジメで飛び降りなんてあったら困るだろ。それで、なんか自殺未遂だか転落事故だかわからないままになったわけよ。ところが、目立つアツのことを嫌ってた、これまた超お坊ちゃまが主導して、アツが突き落としたって噂をたてた」

舟はグラスにグッと握力をかける。頭のなかが急速にごちゃ混ぜになっていくのを感じていた。

「まぁ噂が消えるまで待ってばよかったんだろうけど、アツんとこの親も金やら権力やら人脈やらあるわけで、学校や保護者たちに圧力をかけて噂を揉み消した。アツは、友達も教師も親も信じられなくなって不登校突入。それから一年後に、引っ越しして転校して、仕切りなおしたんだだな」

——そして、僕に会った。

屋上に続く階段のどん詰まりで、カッターの芯を弄《もてあそ》んでいる新しいクラスメートに。

あの時、能登は屋上に行こうとしていたのだろう。しかし、前の小学校での経験から考えたら、屋上はむしろ行きたくない場所なのではないだろうか。

それに能登は、舟が誰かを切り裂くのを愉しみにしているふうだった。

お守り袋をネタに、舟のことを脅して、追い詰めて。

舟は咄嗟に思考をシャットアウトした。ここから先は考えてはいけない気がした。檜山と別れて家に帰ってからも、思い出さないようにしていたのだが、その晩、夢を見た。

小学四年生の能登と、飛び降りたという子供が、屋上に立っている。

その飛び降りた子供が、いつの間にか舟にすり替わっていた。そして目の前には、高校二年の能登がいる。舟は自分がお守り袋を握り締めているのに気づく。能登が手を伸ばしながら近づいてくる。

もう二度とお守り袋を取られまいとして、あと退《ずさ》る。いつの間にか、屋上を囲むフェンスが消えていた。縁から足を踏み外す。

落下していきながら悲しくなる。

落ちたら、飽きられる。もう自分は能登敦朗に飽きられてしまったのだ。


「あ…」

冷たい汗をびっしょりかいて、目を覚ます。両腕で頭を抱える。

好きな人のことは、いくらでも知りたい。けれども檜山に教えられれば教えられるほど、能登のことがわからなくなっていく。

能登はなぜ自分に接触しつづけるのか。能登はどういう人間なのか。

どういう人間かもわからない相手を、自分はどうしてこんなに好きなのか。

数学の世界なら、知ることも考えることも、答えへと繋がっていく。

しかし人間との関わりは違う。知ることや考えることが、かならずしも明確な認識に繋がらない。むしろ不純物を孕《はら》んでいくこともある。そのドロドロした不純物で、窒息しそうだった。

これならば能登のことをよく知らないまま、閉じた部屋でふたりきりでいたほうがよかった。自分の五感だけを頼りに恋に溺れるのは、客観的には間違っていたとしても幸せなことなのだ。

それなのに自分はきっと、檜山に誘われればふらふらとファミレスに向かってしまう。そうしてまた、新たな悪夢を紡《つむ》ぐのだ。


「なああ、舟は大学どこにすんの？」

教室で昼食のパンを食べ終わったところで、三宅《みやけ》がぶ厚い大学案内の本を片手に訊いてきた。

「気が早いな」

「早くないって。ついに三年になっちゃったんだからな」

結局、三宅とは高校三年間同じクラスだった。一年のころにつるむようになった七人で、いまも月に何度か集まる。七人のなかで、ふた組のカップルができていた。大野凜子《おおのりんこ》にも大学生の彼氏ができた。

青春を青春らしくすごしたいという気概を、舟は眩しく感じる。

舟自身は、悪夢に溺れずにいるので精一杯だった。空白の時間があると窒息しそうになるから、家庭教師のアルバイトと勉強に励んだ。しかし、そうして必死に消費する時間はすべて逃避であり、生きている実感に乏しい。週に一度、能登と部屋に籠もるあいだだけ、心も身体も十七歳らしい生気を帯びる。

どうしていいのかわからないもどかしさに、泣きたくなる。

三宅がしつこく訊いてくる。

「やっぱ数学科だろ？」

「そうだな。それで、国立」

「げ、東大かよ。まぁ、舟なら狙《ねら》って当然かぁぁ」

三宅が大声で喚《わめ》くから、クラス中が舟を見た。

お陰で東大狙いの宣言、第一号になってしまった。三年になって能登とはクラスが分かれたが、すぐに彼の耳にも届くだろう。

それからしばらくして檜山とファミレスに行ったとき、能登が塾通いを始めたという話を聞いた。

「最近、アツがちっとも遊んでくれねぇの。つまんね」

舟は微笑を浮かべて、コーラを飲みこむ。

「檜山は、卒業後は？」

「あー、俺？　どうでもいい」

「やりたいこととか、ないんだ？」

檜山が投げやりな目つきで呟く。

「やりたいことは、もうできねぇだろ」

おそらく、バスケットボールのことを言っているのだろう。もし膝の十字靭帯を損傷しなかったら、檜山の高校生活はまったく違ったものになっていたに違いない。

そして檜山がバスケを続けていたら、能登もまたバスケをしていたのではないかと思う。少なくとも、ふたりして乱交ばかりするような高校生活は送らなかったはずだ。

——どっちにしても、敦朗は檜山といるのを選んだってことか。

おそらく高校を卒業しても、能登と檜山の関係は続いていくのだろう。彼らは親友で、特別な関係なのだ。

——僕と敦朗は、どうだろう……。

もしも、小学生のころに知り合わなかったら。もしも、家がはす向かいでなかったら。もしも屋上階段でお守り袋の中身を知られなかったら。

能登は自分のことなど歯牙にもかけなかったに違いない。

ふと気づくと、檜山が正面からまじまじと舟の顔を見ていた。

「どうかした？」

「なんか、前と雰囲気変わったか？」

「そう？　わからないけど」

檜山がきつく目を細めてから、にやりとした。

「アツの代わりに２ＯＮ２してみるか？　女は用意するから」

薄く笑って、舟は返した。

「檜山がやってるところなんて見たくないよ」

一学期が終わり、夏休みがすぎ、二学期が始まった。滝沢高の生徒はよほどのことがない限り大学進学を選ぶため、高校三年の九月ともなれば完全に受験体制に入り、教室も静電気が起こりそうな緊張感に満ちていた。休み時間も参考書を開いている姿が目につく。

半数ほどはもう志望校も確定しているようで、誰がどこを受けるという情報が飛び交っていた。特に東大受験組に対してはみんな興味深々で、そのなかには石井舟と能登敦朗の名前もあった。

能登は相変わらず週に一度、舟の部屋を訪れている。しかし互いに受験の話をすることはなかった。

舟が一年からつるんでいる七人グループは、集まることが稀《まれ》になった。顔を合わせても、話題は受験一色だ。この六人とも大学に入ったら離れるのだと思うと、舟はいくらか寂しい気持ちになった。

進路指導の教師から第一志望はまず大丈夫だろうというお墨付きをもらい、願書も早々に取り寄せた。そして一月のセンター試験を迎え、自己採点の結果、予定どおりに二次試験は本命の国立大学に決めた。

一月下旬、舟の部屋に現れた能登は、上機嫌な様子だった。とはいえ、ラストスパートでかなりの追いこみをかけているのだろう。輪郭が鋭くなっていて、少しやつれている。

試験に集中するためなのか、今年に入ってから能登はキス以上のことを求めてこなかった。滞在時間も三十分を超えることはない。

ベッドに舟を押し倒しながら、能登が珍しく受験の話を振ってきた。

「東大、センターの足脚きりは免れた。舟も大丈夫だったよな？」

頷く。

「そうか。俺は経済だけど、舟は数学科だよな？」

また頷きを返すと、能登もなぜか頷いて、舟の頬を指先で擦った。

「腐れ縁になるな」

舟は自分から頭を上げて、能登の唇を下から唇で押した。顔を離すと、いまのキスが呼び水になったみたいに、能登が追いかけてきた。唇を浅く深く奪われながら、舟は泣きたくなるのを我慢していた。

そして迎えた、二月下旬の二次試験の日。

能登が東大の駒場《こまば》キャンパスで試験を受けたその同じときに、舟は北海道《ほっかいどう》の試験会場にいた。


三月上旬、大学から合格通知と入学手続きの書類一式が送られてきた。

母は二月下旬の二次試験のときになって初めて志望大学を知り、舟のことを猛然と叩き、「お前まで私を裏切るのね」と叫んだ。それ以来、パチンコ屋に入り浸り、二十二時四十五分の閉店まで粘る日々が続いていた。

今日も母は日が落ちても戻らず、代わりに能登がベランダから入ってきた。彼の顔は艱難辛苦《かんなんしんく》を乗り越えて勝利を収めた者の輝きに満ちていた。ミリタリーコートを大きな動作で脱ぎ、ジップアップの黒いセーターと革のパンツという姿になる。

舟はベッドのうえで膝を抱えたまま、硬い表情で「合格、おめでとう」と告げた。顔から血の気が引いていくのがわかった。

「……どうした？」

能登が顔を曇らせてから、きつく眉を歪めた。

「まさか落ちたのか？」

「受かったよ」

「でも変な顔してるぞ？」

コートを椅子の背にかけた能登の視線が、勉強机のうえへと釘付けになる。そこには北海道大学からの書留が置いてあった。

能登は自分が目にしているものが信じられないといった様子で瞬きを繰り返す。その瞬きが止まり、視線が机上から舟へと鋭く移った。

「俺に……嘘をついたのか？」

舟は目を伏せる。

「嘘はついてない。東大を受けるなんて、ひと言も言ってない」

「っ、でも否定しなかっただろう!?」

「肯定もしてないよ」

憤りに震える呼吸が、部屋の空気を圧縮していく。肌を締めつけられる感覚に、舟は膝を抱えた身体を小さくする。膝に額をきつく押しつける。

「――――お前、は」

嘘みたいに、冷たくて重い声が近づいてくる。ベッドが軋み、揺れた。殴られるのかもしれない。

でも能登には殴る権利がある。

関節が砕けそうなほどきつく、灰色のトレーナーの両肩を摑まれた。

「……やっぱり逃げるんだな」

揺さぶられて、丸まっていた身体がほどける。背中がマットレスにぶつかった。能登が舟のうえで四肢をつき、眸を憎悪でギラつかせた。

これまでに見たことのない表情で、もう二度と能登がこの部屋に来ないのだと感じる。なんとか守ろうとしてきたふたりきりの空間を、自分の手で壊してしまった。喪失感と自棄《じき》の安堵が胸に拡がっていく。身体を捩《ねじ》って能登の下から這い出ようとすると、腰を苦しいほどきつく摑まれた。

拘束から逃れようともがくと、マットレスに叩きつけるように身体をうつ伏せに返された。スウェットパンツと下着をずるりと下ろされる。能登が自身のボトムのベルトを外して、前を開けるのが音と気配でわかった。

背後から圧《の》しかかられる。

剝き出しになった尻の狭間に、もったりとした感触のものが押しつけられた。それはたちまち熱を孕んで硬く膨らんだ。

「やめ、て」

舟は掠れ声で訴えたが、能登は尻たぶを裂くように割り拡げると、そこに性器を押しつけた。なんの下ごしらえもされずに、粘膜を拓《ひら》かれていく。

「う…うぅっ」

先端から分泌されるぬるつきだけを頼りに進められる行為は、脚のあいだに焼けた棒を突っこまれているかのような痛みをもたらした。

狭い粘膜の筒とペニスが癒着《ゆちゃく》する。能登が腰を使うたびに、そのまま舟の身体は前後に揺れた。眼鏡がベッドのうえに転がり落ちる。

世界が歪んで見えるのは、弱い視力のせいか、涙のせいか、痛みのせいか。

「…く、半分しか入らないっ」

苛立ちと焦りが混ざった声で、能登が呟く。

もうこれ以上、深く繋がるのは無理だと判断したらしい。滑りが悪いため抜き挿しもままならず、能登はみずからのあぶれている幹を握り、しごきだした。

ほどなくして、長い呻き声が背後から響く。体内のものがビクビクと跳ねた。

精液を潤滑剤にして、ペニスが抜かれていく。抜けきった場所からなま温かい粘液がどろりと溢れる。

痛みに赤らんで強張っている身体を仰向けにされ、キスをされた。唇を何度も嚙まれてから、顔が離れる。

舟はきつく閉じていた瞼をのろりと上げた。ぼやける天井を凝視しながら、乾いた唇を開く。

「もう、能登は、いらない」

あえて敦朗とは呼ばなかった。

「この家を出るから、もう必要ない」

「どういう意味だ？」

脅すような低い声で問い質《ただ》す能登に、光沢の失せた目を向ける。

「……能登が来てるあいだは、母さんに叩かれなくてすんだ。だから、窓の鍵を開けておいたんだ。叩かれるより、マシだったから——利用してただけだ」

決して、能登に惹《ひ》かれていたわけではない。そう伝わるように、平坦な声で告げた。

長い沈黙ののち、能登がぼそりと言った。

「そうか」

返ってきたのは、それだけだった。

舟は喉の奥が震えるのを感じながら、能登の腰に手を伸ばした。そこに垂れるウォレットチェーンを辿り、ヒップポケットから財布を引っ張り出す。財布と一緒にお守り袋も出てきた。

お守り袋をチェーンから外そうとする。

まるでかじかんでいるみたいに指がうまく動かなくて手間取る。

能登は阻止することもなく、ただただ舟を見下ろしていた。

ようやく外れた小さな袋が、舟の胸元にぽとりと落ちた。なかのカッターの芯がそのまま心臓に突き刺さってくれればいいのにと思う。

階下で、玄関が開く音がした。母が帰ってきたのだ。

能登が服を直しながらベッドを下り、椅子にかけられたコートを羽織った。

ベランダに続くガラス窓が開かれて、まだ冬の気配を残す夜風が流れこんできた。その流れが止まる。外階段を下りていく足音。

舟は下肢に重い痛みを覚えながら起き上がり、南窓へと向かった。

窓の鍵に親指をかける。七年も使っていなかったせいか、金具が硬い。指がきつく反る。いっそ、折れてしまえばいい。

「……っ」

鍵が縦に百八十度回転する。同時に、スウェットパンツの下で能登の体液が内腿を伝った。

それは重たく粘つきながら足首まで垂れていった――。

7

線香の匂い。

畳のうえで喪服に包んだ身体を押し倒されている舟《しゅう》を見下ろしながら、能登《のと》が揶揄《やゆ》の籠もった言い方をする。

「見つけた。舟の大切なオマモリ」

そうして、お守り袋の入ったポケットごと双丘を大きな手で強く捏ねた。

「っ」

その手を外そうと、背後に手を回して能登の手首を摑む。

能登の体温を掌にじかに感じる。手首は、記憶にあるそれよりもずいぶんがっちりとしている。いま自分のうえにいるのが、二十八歳の、大人の男であることを認識させられる。

ふいに、十年という歳月が失われたのだという実感が押し寄せてきた。

——でも……仕方なかったんだ。

当時の舟は、夜ごと能登敦朗《あつろう》にまつわる悪夢に魘《うな》されていた。

夢のなかで能登はほかの人間とセックスをしていた。

舟のことを忘れ、部屋を訪ねてこなくなった。

小学校の屋上で、舟を追い詰めた。

檜山《ひやま》の言葉がいつも頭にこびりついていた。

『アツのアは、飽きっぽいのア。悪魔のア。あばずれのア。完落ちしたら飽きるわけ』

完全に落ちたら棄てられる。その恐怖を抱えたまま、当時の自分は完全に能登に落ちてしまっていた。

落ちているのに、落ちていないように振る舞いながら、悪夢に押し潰されて……いま考えても限界だったと思う。

物理的に距離を開けて、離れるしかなかったのだ。大学生活を北海道で送ることにしたのは正しい選択だった。そうしなければ、自分は母のように壊れてしまっていただろう。

大学を卒業して東京に戻って就職したものの、実家から離れてひとり暮らしをして、能登と接点を作らないようにしてきた。同窓会にも一度も顔を出していない。

それなのにいま、こんなに近くに能登がいる。触れ合っている。

離れていた歳月がごっそり抜け落ちて、十年前に繋がってしまいそうになる。それを阻止するために、舟は先手を打った。冷めた表情と声を作る。

「もう昔のことは忘れたから、こういうのはやめてほしい」

「忘れただと？」

「能登だって、そうだろ？　十年も前のことなんて」

「……」

舟の臀部を握り締めていた手が離れる。言葉の答えはなかったが、答えているも同然だった。

能登は忘れられなかったのだ。石井《いしい》舟という、地味な幼馴染みのことを。

その事実に胸が高鳴った。

――計算どおりになってたんだ。

自分は能登の親友にはなれない。

定期的にセックスをすることで恋人のような存在になれたとしても、三ヶ月もすれば棄てられてしまう。

特別な存在になれないのならば、せめて忘れられない存在になりたかった。能登の心に爪痕だけでも残したかった。どうしたらそうできるのか、受験勉強のさなか考えに考えた。

檜山から教えてもらった能登の日常のなかでまず起こらないだろうことを起こすことにした。

そして、最後に能登が自分の部屋に来た日。

彼を怒らせた。強姦されたのも計算のうちだった。女に困らず無理強いをしない能登にとって、初めての本格的な強姦だったに違いない。強姦させたうえで、利用していただけだと告げた。

あの日は能登にとって、忘れられない非日常として記憶されたのだ。

舟は薄っすらと微笑を浮かべた。

すると、それが気に障ったのか、能登が首を絞めるみたいに喉を摑んできた。そのまま顔が落ちてくる。

「ん…」

唇が触れあったと思った次の瞬間にはもう、能登の舌が口内深くに入りこんでいた。舌が舌のうえを滑る。狭まった喉奥にまで達する。

「う、ンンッ…っ」

えずきそうになってわななく粘膜のなかを漁《あさ》られた。

苦しさと気持ちよさが混ざって、頭の芯がジンジンと痺れる。高校生のころよりも巧妙で悪質で、能登がどんなふうに歳月を送ってきたかが想像できた。

閉じられなくなった唇を吸われる。

能登がうえから退いたとき、舟は喪服に身を包んだまま犯されたあとのような状態にさせられていた。畳に投げ出した指先が余韻にピクンと跳ねる。胸を喘がせて大きく息をつくと、ふたり分の体液が口からこぷりと溢れた。

真上から灰と茶が絡んだ眸に見据えられる。

「思い出したか？」

舟はかすかに頭を横に振った。視界がグラグラして目を閉じる。

「……終わりに、したんだ」

生身の能登敦朗は、自分には刺激が強すぎる。近くにいると、精神も肉体もスライムみたいに溶けて、気持ち悪い生き物になってしまう。

遠い記憶のなかで輝いているぐらいがちょうどいい。

真昼の太陽をじかに見ることはできないけれども、月に反射する陽光ならばいくらでも眺めていることができる。

自分にとっての能登は、そういう存在なのだ。

古びた畳が軋む音をたてる。能登が去ったあともずいぶんと長いあいだ、舟は溶けたまま人のかたちに戻ることができなかった。

「野村《のむら》さん、大丈夫かい？」

舟は伝票の山とパソコン画面を血眼になって見比べている今年入社の後輩に声をかけた。

野村真美《まみ》が疲れ果てた顔を上げた。涙目になりながら「大丈夫です…」と小声で答える。明らかに大丈夫ではない。あと三十分ほどで終業時間だ。決算申告が終わったとたん、会社は経理部の残業に目くじらをたてるようになった。

「合わない数字を、九で割ってみたかい？」

「え？　なんですか、九って」

舟はスーツの胸ポケットからボールペンを取り出すと、手にしていた廃棄用のOA用紙を彼女の机のうえに置いて、それに数字を書きこんでいく。

「打ちこみ間違いをして数字が合わないときは、桁数を間違って入力しているか、あるいは数字の順番を間違って打ちこんでしまってることが多いんだ。その場合は、九で割り切れる」

紙に、４０００と４００と書きこむ。

「この場合、誤差は３６００になる」

「あ、九で割り切れますね」

「そう。次に、数字の順番を間違って打ちこんでいる場合は」

紙に２１４００と２４１００と書きこむ。

「差は２７００。これを九で割ると、３００になる。この数値が百の桁の場合は、百桁から千桁のあいだの数字を打ちこみ間違えてる。十桁の場合は、十桁から百桁のあいだということになる」

続けていくつか、打ちこみミスの絞りこみ方法をレクチャーした。

「どうしても見つけられなかったら言ってくれればいい。手伝うから」

「で、でも残業になっちゃいます。せっかくの週末なのに」

「かまわないよ」

「――あ、ありがとうございますっ」

舟は微笑を返して自分のデスクへと戻った。

すると向かいの席から、一年先輩の林《はやし》が呆れ顔で言ってきた。

「おいおい、野村ちゃんまで落としちゃってどうする」

「はい？」

「いまのだよ、いまの」

「ああ、手伝うって話ですか？　別に急いで帰る必要もありませんから」

「……あのなぁ、石井。その天然誑《たら》しはどうかと思うぞ。クールなイケメン眼鏡に親切にされて、残業までお付き合いされちゃったら、惚《ほ》れないわけがないだろうが」

舟はくすりと笑う。

「それなら先輩もそろそろ危ないですか？」

数字が合わなくてあわや泊りこみになりかけた林のことを、舟は何度も救っていた。

一瞬、間をおいてから、林が悩ましげな顔になる。

「ぶっちゃけ、危ない。というか、お前の献身的な態度には愛を感じる。俺の勘違いか？」

「勘違いです」

林が大げさに落胆したような顔芸をしてから、つくづく言う。

「それにしても、わざわざ北大の数学科出て、こんなつまらない経理仕事なんてもったいないにもほどがある」

「そんなことはありませんよ。僕にはここが合ってます」

数学科の学部生の半数以上は、院に進んだ。実際、舟も教授に強く理学院数学専攻への進学を勧められた。

就職組も、数字の専門能力を期待されて各業界に採用された者が多い。

彼らにとって数学は、おのれの力をいかんなく発揮して人生を前進させていくための武器だった。

——僕にとっては逃避の道具にすぎない。

ずっとそうだった。

家族と向き合わないために、自分の恋情と向き合わないために、数学を道具として利用してきた。

いまは仕事を道具にしている。同僚に親切にするのも残業を進んで手伝うのも、空白の時間を作りたくないからだ。

仕事をしていないときは、昔の記憶が次から次へと甦ってくる。

能登敦朗との思い出を辿り、高校のころに見た悪夢を繰り返し繰り返し再生する。それはまるで苦くて甘い、毒入りの飴《あめ》玉だ。吐き出したほうがいいとわかっていても、いつまでも舌で転がしつづけてしまう。

一ヶ月前に能登と再会してからは、特に酷かった。

薄暗い無彩色の世界に、目に痛い鮮やかな色彩をぽとりと落とされたみたいで、その色の余韻に浸ってしまう。

あの再会の意味も理由もわからないまま、時間だけがすぎていく。

時間がたてば色も薄らぎ、また無彩色のなかに消えていくのだろう。

それでいいと思う。

終業時間直前に、野村真美が「あっ！」と声をあげた。舟がそちらを見ると、顔を跳ね上げた真美と目が合った。入力ミスを発見して、彼女はまるで学生みたいな笑顔を弾けさせた。

データを直して数が合ったことを確認してから、彼女は改めて舟のところに小走りで寄ってきた。勢いよく頭を下げる。

「石井さん、ありがとうございます！　教えてもらったとおりに絞りこんだら、見つかりました。あんなに探しても見つけられなかったのに」

「嵌まってしまうと、なかなか見つけられないからね。よかった」

笑顔で返しながらも、舟は残業する理由がなくなってしまったことを残念に思う。家に帰っても不毛な再生に苦しめられるばかりだ。

どうしたものかと考えていると、野村真美がもじもじしながら言ってきた。

「あのっ、もしよかったらお礼にご飯でも――あ、もちろんもちろん、奢《おご》ります」

その言葉に重なるようにして、舟の携帯電話が短く鳴ってメールの着信を告げた。

「あ、見てください」

促されてメールをチェックすると、三宅《みやけ》からの召集メールだった。今夜、高校時代の七人組で飲み会をしたいのだという。北海道にいた四年間は一度も会わなかったが、社会人になってからまた年に

二、三度は集まるようになった。
「野村さん、すまないけど今日は」

「いいえ、私のほうこそすみませんでした」

もう一度勢いよく頭を下げて、野村真美はデスクへと戻っていった。

彼女の動作が大きくて表情豊かなところは少し大野凛子《おおのりんこ》に似ていて、舟は微笑《ほほえ》ましい気持ちになった。

七時に指定された居酒屋に行くと、すでに三宅と窪田チカがいた。くつろげる畳敷きに、掘り炬燵《ごたつ》形式の個室だ。中央に置かれた座卓の表面には年輪が浮かび、いびつに丸い天板は木の輪郭そのまま。掘り炬燵も机に合うように丸く刳り貫かれている。内装は天井に梁《はり》をめぐらせた古民家風だった。

「ずいぶんいい店にしたんだな」

スーツのジャケットを脱いで腰を下ろしながら言うと、三宅が偉そうに返してくる。

「大人の店って感じだろ」

窪田《くぼた》チカが卓上に身を乗り出すようにして舟を見る。

「石井くんは会うたびにグレードアップするね。出世魚って感じ。高校の時点で目をつけた大野ちゃんは見る目があったんだねぇ」

「大野さんは、今日は？」

「今日は急だったからね。大野ちゃんは子供を預けられないからパスだって」

大野凛子は高校のころに付き合いだした大学生と、三年前にゴールインした。年子で子供を生んで、いまは二児の母親だ。婿養子に入った夫は、大野酒造を継いでいる。

高校時代、七人グループのなかでふた組のカップルができたが、そのうちのひと組は二年前に結婚して、名字が同じになった。夫婦は一緒に居酒屋に登場した。

七時半には、大野凜子以外の六人が揃う。

口々にこの四ヶ月ほどの報告をしたり、仕事の愚痴を零《こぼ》したりする。舟は昔と同じように一、二歩離れて時間を共有した。

九時近くになったとき、三宅の携帯電話が鳴った。どうやら待っていた電話らしく、三宅は電話に出ながらそそくさと部屋を出て行った。

「はい、注目ー」

ほどなくして戻ってきた三宅がニヤニヤ顔でパンパンと手を叩いた。

五人の視線を集めてから、半端に閉じていた襖《ふすま》をパッと開く。

「本日のスペシャルゲストは、この方でーすっ」

舟は目を見開き、手の甲を口に押し当てた。そうしないと、変な声をたててしまいそうだったのだ。

――なんで……敦朗が。

三宅が舟に向かって言う。

「この大人な店は、能登が紹介してくれたんだよ。コンサルティングを担当してる店なんだってさ」

能登が舟のほうを見て、驚いたような顔をする。

「へぇ、石井も来てたんだ。久しぶりだな」

そう言いながら近づいてくるから、自然と舟の横の人間が座る位置をスライドさせて場所を空けた。

能登が当たり前のように、そこに収まる。

舟は手の甲を口につけたまま、ぎこちなく頭を縦に揺らした。

これは偶然なのだろうか？

——そんなわけない。

いままで七人グループで集まるときに能登が加わったことは一度もなかった。しかもこの店を紹介したのは能登なのだという。今日の召集が急だったことから考えても、能登の仕切りだったと考えるべきだろう。

しかし横に座っても、能登は特に舟に話しかけてはこなかった。

ただ、この店のおすすめだという日本酒を注文してみんなに振る舞い、舟にも勧めた。混乱したまま、舟は能登が手ずから注いでくれる日本酒に口をつけた。それはマスカットに似た果物の味がして、思いのほか飲みやすかった。その飲みやすさのせいで、頭が働かないまま飲んでしまう。

すぐ横にいる能登の耳をちらと見る。ピアスはつけていない。それに穴も塞《ふさ》がったのか、見当たらなかった。舟の気持ちは少しやわらぐ。

ちょうど六人がひととおり話し終えたころの登場だったこともあり、場の話題は能登に集中した。

舟は一度も参加していないが、ほかの五人は去年の同窓会で能登と会っていたらしい。話が早いテンポで飛び交う。ほとんど一対五の会話になっているのに、能登の受け答えは見事なもので、みんな楽しくて仕方ない様子だ。

「能登くん、質問質問」

酒が回って額を赤くしながら、窪田チカが小さく手を上げる。

「檜山くんとは、どうなの？」

能登が笑顔で答える。

「最高の補佐だな。あいつがいなかったら、うちの会社もここまで順調に行ってない」

「いまでもラブラブなのねっ」

うっとりするチカの横で三宅が「やっぱり腐ってんのか」と呟く。

しかしなごやかな空気のなか、舟だけは身体の中心に氷を差しこまれたみたいに硬直していた。与えられた情報を、心が拒絶する。

――最高の補佐？　うちの会社？

呆然としたまま呟いてしまう。

「檜山……同じ会社、なんだ」

能登が横から覗きこんでくる。涙袋を膨らませて。

「檜山は大手広告代理店を辞めて、うちの起ち上げに噛んでくれたんだ」

「――そう、なんだ」

どんな表情もできなくて、舟は日本酒を喉に流しこむ。

この十年間も、檜山は能登の特別でありつづけたのだ。喉から胸元にかけてが焼けつくのは、酒のせいなのか、嫉妬のせいなのか。

能登の横にいるのが耐えられなくなって、舟は「トイレ」と呟いて席を立った。立ち上がってみて、かなり酔っていることを自覚する。焦点を合わせようとするのに視界が揺らぐ。地面も揺らぎ、足の裏がふわふわする。

部屋を出たところの框《かまち》で、客用のつっかけに足を入れて、トイレへと向かう。

この場を逃げだしたかった。

一ヶ月前、母の葬儀を終えたときに再会して、能登が自分のことを忘れられなかったと知って満足感を覚えた。

自分は能登の親友にも恋人にもなれなかったが、忘れられない存在になることはできたのだ。

それが証明されただけで充分だった。

しかし、能登はまた現れた。

喉の奥に、とてつもなく大きな塊が痞《つか》えていた。それを一刻も早く吐き出さないと窒息してしまいそうだ。

ふらつきながら、三つある個室トイレのうちのひとつのドアを開ける。化粧台のついた奥に長いサニタリールームだ。そこに入ろうとしたとき、ふいに後ろからぐいと押された。転びそうになって、慌てて化粧台に手をつく。

閉めていないのに、勝手にドアが閉まる音がする。鍵をかけられる。

背後を振り返った舟は、眉をきつく歪めた。

「敦朗…」

自然と下の名前を呼んでしまって、唇を噛む。それに答えるように「舟」と呼びかけながら、能登が近づいてくる。逃げようにも、逃げられる場所がない。すぐに肩を掴まれた。押されるままに、背中が壁につく。

「も、うっ、いい加減に、してくれ」

声の抑揚がうまく利かない。たどたどしく問い詰める。

「僕を――僕を追い詰めて、愉しいのかっ」

愉しいと涙袋を膨らませて言外に答えながら、能登が覆い被さってくる。

「こんな、ふうに、追い詰めたのか」

キスをしようとしてくる男を、舟は眼鏡越しに睨んだ。

「屋上で、小学四年のとき」

能登の動きが止まる。その顔から一瞬にして表情が削《そ》げ落ちた。わずかに動く唇から、驚くほど低い声が漏れた。

「なんで舟が知ってる」

小学生のとき、転校するきっかけになった事件。

能登はそれを檜山には話したが、舟には話してくれなかった。ショッキングな内容以上に、自分は秘密を打ち明けるに値しない人間なのだという事実が応えたのかもしれない。

いつか、能登のほうから打ち明けてくれるかと期待したけれども、期待は裏切られた。

そして檜山は、いまも昔も能登の特別でありつづけている。

――これからも、ずっと。

舟はスッと目を細めた。囁くように尋ねる。

「本当に、飛び降りだったのか？」

「……」

「敦朗は残酷だからね」

暗に、突き落としたのではないかと示唆する。

殴られるかもしれないと思う。殴られてもいい。そして二度と自分の目の前に現れなければいい。そうしたらまた十年後には過去にできるだろう。

能登の顔に、苦くて悪辣な表情が浮き上がってくる。

「よくわかったな」

舟は目を見開く。

——どういう意味……。

しかし確かめようにも、口はすでに能登の大きな口で乱暴に塞がれてしまっていた。ただでさえアルコールで痺れている唇は、舌を拒むこともできない。舌を舌で捏ねられて、膝がガクガクする。柔肉に歯を立てるのに、出て行ってくれない。

「ン…ん」

スラックスの前を開かれる感触に、舟はもがく。下着から性器を出されまいとして力の入らない指を能登の手に這わせる。諦めたのか、手が退く。

唇が離れた。

終わったのかと安堵しかけた舟は、「ヒ…」と声をあげて俯いた。

「ぁ…あ、やだ」

ベルトはしたまま、小用をするときのように開かれた自分のスラックスの前。そこに男の性器が入りこんでいた。スラックスだけではない。トランクスの前合わせのなかにまで侵入されている。

腫れかかっている舟のペニスに、能登のものがじかに擦《こす》りつけられる。

「ぃ…あ」

あまりにも猥褻《わいせつ》な行為に、舟の肌は粟立つ。

侵入物を抜こうと、舟は手で能登のペニスのあぶれている部分を摑んだ。その、太さ、硬さ、感触、熱。

あたかも手に記憶が封じられていたかのように、一気に昔のことがなまなましく甦ってきた。ただ思い出を繰るのとは違う、追体験が心身を駆けめぐる。思春期の微細な感情の襞までも、ありありと思い出された。

能登が腰を使いだす。舟の手指の輪のなかを、それが行き来する。下着のなかを犯される。まるで能登の欲情が感染したみたいに、舟のものも反り返ってしまっていた。

くちゅ…ぐち…、ちゅ…。

びしょ濡れの亀頭同士がくっつく。

「う、あ」

「出すぞ」

「え…」

舟は慌てて能登のペニスを抜こうとしたが、遅かった。

下着のなかに射精されていく。性器に自分のものではない白濁が伝う感触に、舟は腰を強張らせた。まるで自分が果てたみたいな体感に蕩かされる。そのまま背を壁に擦りつけながら、ずるずると床にしゃがみこむ。

能登がトイレを出て行く。

「ふ…は、……」

もしいま自分のものを握り締めたら、擦るまでもなく一瞬で達してしまうだろう。激しい誘惑と闘っているうちに能登が、舟のジャケットと鞄《かばん》と靴を持って戻ってきた。スラックスの前を閉められ、ジャケットを着せられる。靴を履かされた。

能登は舟の左腕を自身の肩に回させて支え、鞄を持った。

まるで自力で歩けない酔っ払いのように、半ば引きずられていく。個室への上がり框のところに三宅が立っていた。その背後の襖からは残りのメンバーが心配顔を覗かせている。

「石井、大丈夫か？」

ジャケットでかろうじて隠れてはいるものの、下腹の勃起はまったく治まっていない。とてもみんなの顔を見られなくて、舟は真っ赤な顔を極限まで伏せた。代わりに能登が答える。

「ちょっと飲ませすぎたみたいだ。俺が責任を持って送り届ける」

「やっぱり俺が送ったほうがよくないか？」

「大丈夫だよ。三宅が抜けたらほかの奴らが寂しがるだろ」

上手に言いくるめて、能登は舟を店外へと連れ出した。

大通りに出てすぐに流しのタクシーを拾い、能登は舟を奥に押しこみ、自身もシートに収まった。

能登の前でいま住んでいるマンションの住所を言うのは躊躇われた。すると、能登が先に、四谷《よつや》の住所を口にした。

「……どこに、行くんだ」

「うちで休んでいけ」

舟は車を止めるように運転手に言おうと前傾姿勢になりかけたが。

「ぁ…」

スラックスの内腿に濡れ染みがついているのに気づく。酒のせいで肌の感覚が曖昧でわからなかったが、下着のなかに放たれたものが、トランクスの脚繰りから内腿を伝って足首にまで垂れていた。

こんなありさまでタクシーを降りて街を歩くわけにはいかない。それに、息の乱れを隠すのも大変なほど、下腹は劣情に重くなっていた。能登の体液にまみれているペニスがヒクつく。

「――……」

舟は能登から顔をそむけるようにして、力なくシートに身体を預けた。

能登が上体を動かさないまま手を伸ばしてきた。染みの拡がる内腿に触られる。舟の脚は自然にきつく閉ざされる。その閉じた場所で、能登の強い指が蠢く。それは少しずつ這い上り、ついに指先が会陰部に触れた。

脚のあいだを、すりすりと擦《こす》られる。

「ふ」

声が出そうになって、舟は手の甲を自分の口元に押し当てた。押し当てるだけでは足りなくて、皮膚を噛む。

けっして露骨すぎない優しい指の動きに、追い詰められていく。脚に力が入らなくなって、腿が開いてしまう。会陰部の奥へと指が這いこむ。アルコールのせいなのか、爛れたみたいに熱くなっている粘膜への窄まりを指先でさすられた。

「……、!!」

脚がビクンビクンと跳ねた。

なま温かいどろつくものが、下着のなかで爆《は》ぜた。能登のものとねっとりと混ざっていく。恥ずかしい匂いが車内に充満するのに眩暈を覚える。

車が停まった。能登が支払いをすませて、舟の二の腕を掴む。

内腿を新たな粘液が伝っていく感触に身震いしながらタクシーを降りた舟は、能登から自分の鞄を取り返して、その厚い胸元を拳で殴った。しかし酔っ払いの一撃など痛くも痒《かゆ》くもないらしい。能登はまたすぐに舟の二の腕を掴むと、マンションのエントランスへと歩き出した。

背の高い樹木を配置した敷地のなかにあるマンションは高さはあまりなく、要塞めいたどっしりとした佇まいだ。内部もまた前衛的すぎたり華美だったりすることなく、なにかの基地を思わせる簡素な造りだった。

エレベーターから降りて通路を歩かされる。

玄関ドアが開けられた。空間こそ何倍にも広がったものの、それは紛れもなく能登敦朗の部屋だった。黒とグレイとアイアンを基調にした空間は、シンプルと言うには乱雑だ。

能登に腕を引っ張られた。奥へ続く廊下に連れて行かれ、バスルーム横の広い洗面所に着く。

「脱げ」

言いながら、能登が自身のジャケットから腕を抜く。みるみるうちに肌色の部分が増えていく。ローライズのボクサーパンツが下ろされて、腫れかけた陰茎がわずかに頭を擡《もた》げた。

能登に低い声で脅される。

「脱がせてほしいのか？」

「僕は、いい」

「そんなお漏らししたみたいな格好でいるつもりか？」

「……」

自分の身体を見下ろす。確かにこのままでいるわけにはいかない。舟は逡巡《しゅんじゅん》したのちに、鞄を床に置いた。

ジャケットをランドリーボックスに乗せる。ワイシャツとその下に着ているTシャツも脱ぐ。スラックスのベルトに手をかけて——能登と目が合う。

「早くしろ」

急《せ》かしながら、能登が手を伸ばしてくる。眼鏡を奪われた。

「これなら恥ずかしくないだろ」

能登の視力が悪くなるならわかるが、自分の視力が悪くなっただけでは意味がない。人前で眼鏡を外すことは滅多にないから、むしろ心許なさが倍増しただけだった。心臓がドクドクと動きを速める。

舟はぎこちなくスラックスを下ろした。

「っ」

ぼやけた視界でも、惨状は把握できた。

暗灰色のトランクスの前や脚繰りは黒く色を変えて、べっとりと肌に張りついてしまっていた。性器のかたちを隠せていない。内腿にはふたりぶんの白い粘液が線を描いていた。

いたたまれない気持ちに衝《つ》き動かされて、舟は下着と靴下を慌ただしく脱ぐとバスルームへと駆けこんだ。

壁のフックにかかっているシャワーのヘッドを摑み、湯を出す。下腹や脚に付着しているものを洗い流す。自分の性器や内腿に手を這わせる。

――ぬるぬるが取れない……。

能登と自分の種が混ざった粘液を、逆になすりつけている錯覚に陥る。擦る場所が熱んで、性器が膨らみだす。

ふと横を見ると、能登が覗きこむようにして立っていた。その手にはスマートフォンが握られている。

「なに、して……」

「防水は便利だな。よく撮れてる」

動画を撮っているのだ。子供のころのお守り袋みたいに、今度は動画を脅しの材料にするつもりなのだろうか。

舟は頬を引き攣らせながらも淡々と教える。

「昔みたいに脅しに乗せられたりしない」

会社に送りつけられようが、高校からの友人たちに送りつけられようが、自分は致命傷を受けない。ただそこから離れるだけのことだ。会社も友人たちも心地はいい。しかし失えないものではない。

能登が少し変な顔をしてから、にやりとした。

「脅したりしない。これは俺のおかず用だ」

「……」

舟は能登に背を向けると、シャワーヘッドを高い位置にあるフックに引っかけた。ボディソープをじかに手に垂らして泡立て、下肢に塗りたくる。

一刻も早く、ここから出たい。

泡を流そうとしたところで、ふいに能登がスマホを置いて舟の背後に立った。シャワーの湯を止められる。

密室のなかが急に静かになる。

ふたりとも呼吸が乱れているのが露わになる。

後ろから腰に片腕を回された。臀部に硬いものを押しつけられる。それだけで下肢に痺れが拡がって、壁に手をつく。首を横に振ると、「わかってるじゃないか」と能登が耳元で囁いた。

タクシーのなかでいじられた後孔を、じかに指で乱された。

「う…っ」

窄まりに親指をグイと挿れられてなかを掻きまわされる。懸命にもがくのに、抜くことができない。振動する指に、孔がヒクつきながらほぐれていく。もう片方の親指も嵌められて、なかを拡張された。

「ぁー……」

内壁に外気が触れて、力ない声が出てしまう。

摑まる場所を求めて、手が壁を伝う。高い場所にあるシャワー用のフックに手が触れた。それを摑む。

窄まりを裂くように開いてから、二本の親指が抜けた。そこが閉まりきる前に、なまなましい硬さに押し上げられた。

「ぁ、ぁあ、あ」

不安定な声がバスルームに反響する。

その声に、男の抑えた喘ぎが重なる。

舟はフックを頼りに踵《かかと》を上げ、もう片方の手で背後の男を押し退けようとした。腹腔に力を入れてペニスを弾き出そうとする。しかし、練度の高い男の性戯の前には無意味だった。

深く、入りこまれていく。

「舟――っ、……ぅ、っ、……は…っ」

快楽に荒ぶる強い吐息が髪にかかる。

舟の丸く強張る双丘が、男の腰に潰された。立ったまま、身体がぴったりと密着するほど犯されてしまっていた。

内壁をずりずりと乱しながら、能登が腰を使いだす。まだアルコールが体内に濃く残っているせいなのか、擦られている体内が火傷《やけど》したみたいに熱くてビリビリする。

痛いのに、舟のペニスは半勃《だ》ちのまま先走りを散らして激しく揺れる。

「ふ…ぁ、あ、っ」

脚がガクガクする。力が入らなくても立っていられるのは、男の太くて長い剛直に体内から支えられているせいだった。

微妙に角度と深度を変えながら突き上げられる。

「あっ――ぁ、っ……ア…っ、ぅう……ぁ、ぁ、ぁ」

漏れる声が、次第にひとつの長い音に繋がっていく。能登が小刻みな動きを続ける。

内壁が痺れて、舟は手足を震わせた。

グッと能登のものが深く入り、もう一度グッとさらに突き入られた。

「く…っ、う」

短く低く呻いて、能登の身体が舟を抱きこみながら波打つ。強張っていた能登の筋肉が弛緩《しかん》する。

繋がりを抜かれて、舟は床に両膝をついてぐったりと身体を前に伏せた。

いまだに犯されている体感が続いている。

のろりと目を上げると、能登が背後からスマホで動画を撮影していた。窄まりから白濁が溢れていくところを撮られる。

「どんどん溢れてくるな」

放ったのは能登なのに、まるで舟が粗相でもしているかのように言う。

そして、指を窄まりのなかに入れて体液を掻き出した。何度も奥のほうから掬《すく》い出される。

「ぁ――」

内壁が指に絡みつくのが自分でもわかった。

能登の呼吸が乱れて……撮影されたまま、ふたたび硬くなった男の器官を深々と嵌められた。


目を覚ますと、ベッドに寝かされていた。部屋の明るさからして昼すぎらしい。能登はいないのか、人の気配がない。

バスルームからどうやってベッドまで来たのか、記憶が朧《おぼろ》だった。

だるくて身体を起こすこともできないまま、舟は視線をのろのろと動かす。

リビングダイニングの棚に差された雑誌とハードカバーと単行本は高さがバラバラで斜めになって

いたり、寝転んでいたりする。仕事関係の資料らしきファイルは棚に入りきらず、床に詰まれていた。壁に向けて置かれた長いテーブルには、デスクトップ型のパソコンと、開かれたままのノートパソコン。大量のメモ用紙が机上に散らばっている。デスクの前の壁にはホワイトボードと大判のカレンダーがあり、どちらもぎっしりと文字が書きこまれている。

舟が寝ているダブルサイズのベッドはデスク傍の窓際にあった。おそらくここのほかに何部屋もあるだろうに、寝室は分けずに、デスクからすぐベッドに倒れこめるようにしているらしい。

自宅でも寝る間を惜しんで仕事をしているのが伝わってくる空間だ。

——敦朗の部屋に、いるんだ。

かつて一度だけ、能登の部屋に入れてもらったことがあった。

中学一年の元旦のことだ。舟は十三歳で能登は十二歳だった。

十五年ぶりにまた能登の部屋に入ることができたのだと思うと、十三歳のときに覚えたのと似た緊張と昂《たか》ぶりとが湧き起こった。

昔もいまも、自分にとって能登敦朗が「特別」な存在なのだと思い知る。

能登と離れていた十年間、いいことも悪いこともあった。

しかしそれはあくまで客観的な「いいこと」と「悪いこと」の区別であって、舟自身が心躍らせたり失意に落ちこんだりすることはなかった。

いや、断絶していた十年より前も似たようなものだったのかもしれない。

家庭と能登のこと以外で、本当に心を乱されたことは一度もなかった気がする。美術の女教師が自殺未遂をしたときですら、客観的に突き放して見ている自分がいた。

小学六年生が、いまにも飛び降り自殺しようとしている人を目にしたのに、彼女の背景を考えて死んでもいいのではないかと思ったのだ。

酷い子供だ。

そしてその酷い子供は、酷いまま大人になった。

積極的に人に危害を加えることはないけれども、自分の本質は冷たい固形物なのだと舟は思う。冷たい固形物だから、人にも適当に優しくできる。無責任な、冷たい優しさだ。

……一ヶ月前に母が亡くなったときも、なにも思わなかった。父は電話一本と金を用立てただけで、葬儀にすら顔を出さなかった。それに対しても、なにも思わなかった。

「——っ、ぅ」

身体を起こす。

舟の荷物と衣類はソファのところに置かれていた。

ワイシャツと下着、靴下は洗濯してあり、スラックスの染みは目立たなくなっていた。それらをのろのろと身につける。

なぜかジャケットの内ポケットに入れていたはずの携帯電話が、衣類の横に置かれていた。確かめてみると、能登敦朗の名前が新たに登録されていた。携帯番号を確認する。その数字の羅列を見たとたん、胸が苦しく疼《うず》いた。それは舟が暗記してしまっているものと同じだった。

覚えてしまっているのだから消しても意味がないけれども、舟は慌ただしく能登の登録情報を削除した。

マンションをあとにする。

自分の心を掻き乱せるものは、人間もすべての事象も含めて、この世にもう能登敦朗しかないように思われた。

それならば、能登とさえ会わなければ、無機物みたいに平穏に暮らすことができる。


「誰からの連絡待ってるんだ？」

向かいの席から林に尋ねられて、舟は怪訝《けげん》な顔をした。

「なにも待っていませんが」

「嘘つけ。ここんとこ、よく携帯チェックしてるだろうが」

「……」

「いつもは持ってるか持ってないかもわからないぐらいなのに、明らかにおかしいぞ」

舟は頬を強張らせて頭を下げる。

「業務中に、すみません」

「えっ、いや。別に注意したわけじゃないって」

林に指摘されるまで、本当に自覚していなかった。

誰からの連絡を待っているのかは明白だった。能登は自身のデータを登録した際に、舟のデータも盗っていったに違いなかった。

能登はいつでもこの携帯に連絡を入れられるのだ。

自覚しないまま、無意識のうちに期待して、能登からの連絡を待ってしまっていたのだ。

でもそれを認めるわけにはいかないから、携帯の電源を切った。

先週末の出来事を、気持ちも体感も封じこめて、仕事に没頭する。没頭したはずなのに、気がつくと携帯電話を手にしていた。電源の落とされた小さなディスプレイを凝視する。

期待は失望よりも性質が悪い。いくらでも時間と心を蝕《むしば》んでいく。

ただ一回の再会だったら、偶然だったと受け流すことができたのだろう。しかし二度目の再会は明らかに仕組まれたものだった。

能登は自分のことを忘れられなくなったばかりか、性的にも激しく求めてきたのだ。

舟の身体は能登のことをよく覚えていて、情けないほど従順に煽《あお》られ、快楽に崩れた。まるで、ずっと能登との行為を待ち望んでいたみたいに。

――ダメだ。十年もかけて、敦朗から離れたんだ。

そのまま舟は携帯の電源を入れることなく、心と身体から能登の記憶を消そうと努めた。

日を追うに従って、能登との再会は夢のなかの出来事めいた非現実的なものに感じられるようになっていった。

養分を断たれた期待が萎《しお》れていくのを、静かに見守る。


「石井さーん」

野村真美の声がフロアに響く。

「外線二番に、三宅さんっていう方からお電話です」

「ありがとう」

舟は受話器を上げて外線ボタンを押した。

おそらくなにか急ぎの用なのに、舟の携帯電話が繋がらないから会社のほうにかけてきたのだろう。

「お待たせしました。石井です」

堅苦しく電話に出ると、受話器から呼吸に混ぜた笑いを耳に吹きこまれた。

三宅ではなかった。

舟は咄嗟に電話を切ろうとしたが。

『舟にプレゼントしたいものがある』

能登が愉しそうな声で言う。

「けっこうです」

『そう言うな。舟を夢中にさせる自信がある。終業は五時半か？　迎えに行く』

もう一度拒否する前に電話を切られてしまった。

迎えに来ると言っても、うまく逃げられるはずだと思ったのだが、能登のほうが上手《うわて》だった。終業時間ぴったりに受付から連絡があり、ロビーに呼び出されたのだった。

じかに断るしかないと一階ロビーに向かう。

能登は黒いライダースーツ姿で、舟にヘルメットを投げてよこした。慌ててそれを両手でキャッチすると、能登が踵を返してエントランスから出て行く。

ヘルメットを返して誘いを断ろうと、舟は能登のあとを追ったが。

ガードレールの内側に停められたバイクを目にして、舟は目を見開いた。

中一のときに能登がバイク好きだと知ってから機会があるとバイク雑誌を手にしていたから、このメーカーがマイナーではあるものの熱狂的なファンを抱えていることを知っていた。しかも、数量限定のレア物だ。

能登が車道へとバイクを押していく。

長い脚でそれに跨った能登に、頭の動きで後ろに乗るように促された。

「……」

バイクにも能登にも見惚れてしまい――強烈な誘惑に負けた。

バイクを自分で運転することはなかったが、このバイクがどんな乗り心地なのか、能登がこれをどんなふうに操るのかを、知らずにはいられない。

緊張しながらバイクの後ろに跨る。

エンジンの振動、なめらかでいて緩急のある加速、腕で捕らえる能登の腰。

バイクに乗っているはずが、優れた身体機能を持つ生き物に跨っているみたいな不思議な感覚だ。

いつまでも乗っていたくなる体感なのに、あっという間に能登のマンションに着いてしまった。

興奮と枯渇感を覚えながら能登にヘルメットを返す。

「帰らせてもらう」

バイクに乗るという目的を遂げて去ろうとすると、能登にぐいと腕を掴まれた。

「プレゼントは部屋のなかだ」

「また、このあいだみたいなことをするつもりか？」

能登がかすかに眉根を寄せた。

「舟が嫌なら、しない」

「信用できない」

能登が少し考える間を置いてから自身のスマホを出して操作し、舟に見せる。

「これが今日の俺のスケジュールだ。いまからすぐ会社に戻って、得意先との打ち合わせだ」

捏造《ねつぞう》スケジュールの可能性もあり得るし、これ以上は能登と関わってはいけない。

無言でスマホから視線をそらすと、能登がなにかを舟の手に押しこんできた。

「俺は部屋に入らない。その鍵で舟だけが入ればいい。プレゼントはリビングのテーブルのうえにある」

「いや、でも」

「俺は今晩は帰らないから。じゃあな」

そう言ったかと思うと、能登はバイクに跨がった。

「っ、鍵」

能登を追って道路に出る。バイクはあっという間に遠ざかっていった。

「どこまで身勝手なんだ」

呟き、握らされた鍵を見詰める。

鍵はマンションのポストに入れておけばいい。そう考えて、エントランス横に並んでいるポストの前に立つ。能登の部屋番号のボックスへと鍵を入れようとする。

「……」

まるで鍵と指先とに磁力でも生まれているかのようだ。鍵が指から離れてくれない。

しばらくのあいだ鍵を入れようと試みたが、マンションから出てきた住人に訝《いぶか》しむ目を向けられた。

その視線から逃れるために、舟は鍵を使って一階のセキュリティドアのなかに慌ただしく入った。

——……仕方ないか。

プレゼントがなんなのか確かめるだけ確かめて、鍵を置いて帰ればいい。

そう自分に言い聞かせて、舟は能登の部屋を再訪した。

リビングダイニングに置かれたローテーブルのうえには、ノートパソコンとメモ、カップ麺が何種類か置かれていた。まさかカップ麺がプレゼントということはないだろう。

メモを手に取り、書き殴られた文字を読む。

『石井舟　ノートＰＣ　pre project dataフォルダ』

舟はソファに腰を下ろし、ノートパソコンを開いた。デスクトップに並ぶフォルダのなかから、pre project dataを探す。

フォルダ内にはさらにいくつものフォルダが入っていた。

まず、参照というフォルダを開いてその中身を確かめていく。

指示書があり、フォルダ内の家電商品の過去五年の売り上げやコストに関するデータの整理をして、各種参照記事を基に統計学的な考察を加えるようにと書かれていた。

「これがプレゼント……なのか？」

意味がわからない。

どう考えても、仕事を押しつけられているだけだ。

舟は苦笑しながらデータを端から開いていき——気がついたときには作業に没頭していた。

何度も、プレゼントの内容は確認したのだから帰ろうと思うのに、もう少しだけと延長を繰り返してしまう。

この手のデータ解析はやったことがなかったが、大学時代に得た知識を総動員して、大量の数字のなかに隠されているものを読み解いていく。

ここまで手をつけてしまったら、納得のいくところまで終わらせないと気がすまない。

能登は今夜は帰宅しないと言っていたから長居しても顔を合わせることはないだろう。週末だから時間の心配もない。

カップ麵とインスタントコーヒーで手軽に腹を満たして作業を続ける。

なんとか解析と考察を仕上げたころには日が昇っていた。

舟は目をシバシバさせながらマンションを出た。しかし脳のなかは完全な興奮状態が続いていて、その足で新宿《しんじゅく》の大型書店に行き、数学と物理学の本を何冊も買いこんだ。帰宅してそれらに目を通していると、データ解析に使えそうなものが目について、頭のなかで次々と連結していく。

土曜日の夕陽を浴びながら気を失うように眠りについた。

それからというもの、ウィークデイも本屋に寄り、コンサルティングの専門書にまで手を出してしまった。

そうして一週間経過した金曜日の終業時間を迎えたとき、舟は逡巡したのち携帯電話の電源を入れた。

能登からのメールが届いていた。

新しいプレゼントがあるから家に来い、という短い内容だった。

脅されているわけでもない。従わなければならない理由はない。もう能登に近づくべきではない。頭ではそう考えているのに、先週の解析の未達成感と、新たに得た知識を試してみたいという欲求に衝き動かされて結局、四谷に向かってしまった。

「今日は、このフォルダな。それと、参考資料」

マンションに着くや否や、能登は忙《せわ》しなくノートパソコンを開いてフォルダを指定し、ファイル十冊を舟に渡した。そして多忙らしく、「家のものはなんでも勝手に使え」と言うと、舟を置いて出て行ってしまった。

プレゼントに釣られて来ただけなのに、能登とじかに顔を合わせて、気持ちが複雑に泡立った。気を落ち着けてから食事を取った。

食事はケータリングやいろんな種類のパンやおにぎり、クラッカーや果物が用意されていた。ケータリングは思いのほか美味《おい》しく、舟は腹を膨らませて作業に取りかかった。

この一週間で蓄えた知識や、メソッドをもちいながら、参考資料を読みこんで数字ととっくり向き合う。数学のときにそうするように、注視すべき点を抽出し、仮説を立てて打開策を探り、詳細に検証していく。それを多角的に繰り返し、数字を頼りに複雑な迷路を進んでいく。

今回のプレゼントは大量だったから、眠らずに土曜の深夜まで作業をして、疲れ果ててそのままソファで眠ってしまった。

途中で能登が帰ってきたらしき物音がしたが、舟はどうしても目を開けることができなかった。抱き上げられてベッドに運ばれるのを感じる。

「う……ん……」

意識が揺らぐなか、自分の喉が甘く鳴るのを聞く。

ペニスを湿った粘膜で締めつけられていた。そこに血が集まって、腫れていく。張り詰めた表面をぬるぬるしたものが這いまわる。脚のあいだがくすぐったいのは、指で擦《こす》られているからだろう。その指が尾骶骨まで行きつ戻りつを繰り返す。

性的なことはしないと言っていたはずなのに……と裏切られた気持ちになるが、考えてみればそれは前回の約束で、今回はなにも言われていなかった。

後孔のうえを何度も指が通りすぎる。二週間前に能登に犯された場所が、まるで期待するみたいにヒクつきだす。

そのヒクつく窄まりに指が留まった。

襞を崩すように捏ねられる。

「や……」

それでも目を開けられず、手足もぐったりしていて動かせない。

喘ぐ蕾に指を挿れられた。

同時に亀頭を啜りあげられる。

「――、――、っ……っ」

身体が幾度も引き攣る。

粘液を嚥下する音がなまなましく響き、舟はまた眠りに呑みこまれていった。

次に目を開けたときはベッドのなかで、すでに日曜日の昼近くだった。能登の姿はない。もしかすると能登は帰宅せずに、夢うつつのなか自力でベッドに移動したのかもしれない。あれは妙な期待が見せた夢だったのか…。

困惑と羞恥《しゅうち》に悩まされつつもデータ解析の見直しと仕上げをすませ、自宅へと戻った。

その翌週も、さらに翌週も、同じようにすごした。気を失ったように眠ったあとに起こることも同じだったが、本当に能登が帰ってきているのか判然としない。

仕事の面白さと、夢かうつつかわからない快楽に釣られて、金曜の夜になると能登のマンションに向かってしまうのだ。

コツと自分なりのメソッドを確立してきたお陰で、仕事のスピードは徐々にアップしていった。今回は金曜の夜に始めて、土曜の夕方には終了した。

疲れきってソファのかたちに身体を崩す。背凭れのいただきに項を乗せて、広くて白い天井を見る。呟く。

「なにを、してるんだ……」

能登から逃げたいはずなのに、ここに来てしまう。能登の顔を見るのは五分足らずだが、彼の匂いや気配が染みこんだ空間で数字を扱っていると深い充足感を覚える。

しかし、能登本人のことを考えると、とたんに苦しくなる。親友であり仕事の欠かせないパートナーでもある檜山と、いまも一緒なのだろうか。

能登への思いの成分も、論理的に解析できればすっきりするのではないか。そう考えて、舟は数式を書き散らしたOA用紙とボールペンを手にした。しかし結局、一文字も書けなかった。

能登への気持ちはスライムみたいに定まらず、摑もうとすると逃げていく。そして気がつけば自分自身がスライムに呑みこまれているのだ。過去のさまざまな記憶が緩急をつけてスライドしていく。

胸が締めつけられる。気持ちが張り詰めて、身体のあちこちが痛みだす。これでは昔と同じだ。

舟はしょぼつく目で壁の時計を見た。終電にはまだ余裕がある。

「帰ろう」

自分に宣言するように呟く。

「今日で最後だ」

こんな関係をずるずる続けても、不毛だ。十年もかけてようやく逃げおおせたものに、また捕まってしまう。

ローテーブルのうえを手早く片付けてジャケットを羽織り、玄関まで行ったときだった。舟がドアを開ける前に、ドアが開いた。

フルヘルメットを脇に抱えたライダースジャケット姿の能登が現れる。

鉢合わせた舟の全身に視線を走らせて、帰るところだと判断したらしい。苦笑含みに言ってきた。

「逃げるのか？」

図星を指されて、顔が強張る。

「——解析は終わった」

「なんだ、もう餌《えさ》を食い尽くしたのか。食いしん坊だな」

破顔して、能登が舟の下腹をポンと叩く。

「……」

その軽い接触だけで、張り詰めていたものがプシュッと抜けた。

心からも身体からも、力が抜けてしまう。

「仕事が終わったんなら、軽く呑むぞ」

勝手に決定して、能登がドアの鍵を閉めてリビングに向かう。

――逃げないと……。

そう思いながらも、舟は力の入らない足で室内へと戻ってしまった。


ソファで缶ビールを口に運ぶ舟の足元で、ラグに座った能登がノートパソコンのディスプレイに目を走らせる。自分のおこなった解析を目の前でチェックされることに、舟は緊張を覚える。やはりさっき帰っておけばよかった。

最後まで目を通して、能登が強く頷く。

「さすが理系の舟だな。使える」

その評価に舟は自分でも意外なほど素直な嬉しさを覚えた。緊張が解けた反動で、ビールをゴクゴクと喉に流しこむ。

「でも、コンサルティングに必要なのは文系的な視点だろう？」

やわらかくなった気持ちと口で尋ねると、缶のプルトップを開けながら能登が斜めうえに視線を上げて見返してきた。

「文系理系の二面が必要だが、けっこう理系卒が多い業界なんだ。統計の思考法が大事だからな」

「そうなのか…」

「なんだかんだいって日本は製造業の国だ。数字をしっかり解析して裏づけしないと無責任だろう。ただでさえコンサルティングなんて詐欺師みたいなもんだって言われるし、実際に詐欺みたいなコンサルタントもゴロゴロいるからな」

能登がビールの缶を差し出してくる。意味がわからずに固まっていると、舟の缶に能登の缶がコンと軽くぶつけられた。

「お疲れ」

爽やかに労《ねぎら》われた。

沈黙が落ちる。能登とのあいだの沈黙は子供のころから慣れているけれども、なにか喋りたくなった。自分はもうここに来ないと決めたから、こうして語るのも今日が最後になるだろう。

「絵に描いたみたいに順風満帆だな。能登らしい」

「そう見えるか？」

「そうだろう。起業して、こんないいところに住んで」

能登が口角を緩める。

「大学時代は極貧生活してたけどな」

「え？」

「大学の学費は親から毟り取ったけど、アパート代や生活費は自分で稼いでたんだ。社会人になってからも起業資金を貯めるのに倹約生活を続けてた。クリーニング代を浮かすために、スーツまで自分で洗ったりな。スーツを洗ったことあるか？」

「……ない。水洗いできるのか？」

「できる。初めはビクビクだったけどな」

楽しそうに思い出し笑いする能登を、舟はまじまじと見詰める。

「能登のそんな姿、想像できない……」

「そうか？　まぁ、そうか。昔はしょうもないガキだったからな。このマンションだって、コンサルティングを手がけた建築会社の社長が回してくれた物件だ。仕事場まで近いし、破格の値段で貸りてる」

「……そう、なのか」

胸のなかで、これまでになかった感情が芽生えていた。

後悔だ。

この十年間、能登敦朗が自分の知っている能登敦朗であると思っていた。しかし違ったのだ。

――敦朗は変わりつづけてきたんだ。

自分が停滞しているあいだ、ずっと、能登は成長しつづけてきた。

その移りゆく能登の姿を見ることができなかった。それは取り返しのつかない損失のように感じられた。

逃げたのは自分なのに、すべての能登を見ていたかったという強烈な後悔に苛《さいな》まれていた。

――……ここで逃げ出したら……また、見られなくなるのか。

アルコールで上がっているはずの体温が急速に冷えていく。

缶を持つ手が震えた。

舟とは裏腹に、能登が昂揚した様子で語る。

「仕事が軌道に乗ってきて、いまのバイクを迎えに行けたときは本当に嬉しかったっけな」

「……敦朗」

JIRIN BEER
BEER
JIRIN BEER
BEER
BEER

下の名前で呼んでしまった。

「敦朗はバイク、昔から好きだったな」

能登が意外そうな顔をする。

「舟にバイクの話、したことあったか？」

「ないけど、昔、部屋に行ったとき雑誌がいっぱいあった」

「え？　ああ、中一のときか。よく覚えてたな」

あの夜のことは、どんな些細なことも忘れられない。

能登と初詣に行ったことも、能登の部屋に入ったことも、能登と初日の出を見られなかったことも。

能登もあの日のことを思い出しているのか。

沈黙が落ちて、ビールを飲む音だけが繰り返されていく。

ふいに膝に重みを感じて、舟は回想から引き戻された。見れば、能登の身体は斜めに傾いて、舟の膝に側頭部を乗せていた。肩のゆるやかな上下や呼吸音からして、眠ってしまったらしい。

昔よく、舟の部屋で能登は眠っていた。お守り袋で脅して、図々しくベッドを占領して、眠っていた。

能登の寝息を聞きながら勉強するのが好きだった。

ひとりでないということの意味を、彼が初めて教えてくれた。

——敦朗への気持ちを解析しても、意味がない。

解析して客観的に把握できたとしても、こうして彼の寝姿を見せられれば、そんなものはすべて吹き飛んでしまう。

たとえ小学校四年のときに、能登と飛び降りたクラスメートのあいだになにがあったとしても。そのクラスメートのように、自分も落下することになるのだとしても。

舟は躊躇ったのち、能登の髪に指を滑らせた。触れるか触れないかのやわらかさで、そっと撫でる。

「……ないで…れ」

能登が苦しそうに呟くのに、慌てて指を引っこめる。

しかしどうやら目を覚ましたわけではないらしい。寝息が続いたあと、ふたたび呟く。

「逃げ、ないで…れ」

「――――」

目の周りが、熱くて痛くなる。

自分はいつも逃げることばかり考えてきた。

無意識のうちに、逃げられるように環境を整え、気持ちを制御するようになっていた。会社も人間関係もいつでも放り棄てられるように。

――今日だって逃げようとした。

そんな自分の本質を、能登は昔から理解していた。

舟が北海道の大学に行くと知ったとき、能登は舟の肩を摑んで言った。

『……やっぱり逃げるんだな』

その直後、能登に犯された――犯させた。

そして自分は能登に爪痕を残すだけ残して逃げた。逃げて、停滞したまま十年をすごした。

同じ十年という時間を経て、能登敦朗は大人の男になっていた。

強引であくどいところもあるが、以前はなかった腰の据わった堅実さと包容力が備わった。

それでいて、軽やかさもある。軽薄とは違う、余裕と自信に裏打ちされた軽やかさだ。

『舟はさー、なにになる？　大人になったら』

『僕は……なににも、なりたくない――なににもなれないと思う』

『へぇ。なににもならないで、ずっとこの家にいるんだ？』

『それはイヤだよ。絶対にイヤだ』

『じゃあ、なにかにならないとだよな』

肉体は大人になり、仕事を持ち、自分の力で生活をしている。

しかし、自分がなににもなれていない気がして仕方ない。

――なにかに、なりたい。

焦燥感とともに、そう願う。

そのためには、いま逃げ出してはいけないように思われた。

8

金曜日。仕事終わりに能登《のと》からのメールが来た。

どういうわけか、今日はマンションではなく、四谷駅の改札口を指定してきた。電車から降りると真夏の夜のむわっとした熱気が押し寄せてくる。

「どこか行くのか？」

落ち合った能登に尋ねると、にやりとした笑いだけが返ってきた。

駅から五分ほど歩いたところにある築年数の浅そうなビルに連れて行かれた。エレベーターに乗って八階で降りる。そのフロアにはふたつの会社が入っており、能登は手前の「A－2コンサルティング」のガラスのドアを開けた。

そこは、能登の会社だった。

パーテイションやガラスの仕切りを多様しているせいで、開放感のある空間になっている。能登とその後ろの舟《しゅう》を見て、二十代半ばの長身の男がバッと立ち上がった。

「アツ社長、お帰りなさい。もしかしてその人がブレインさんですか？」

「高野《たかの》、落ち着け。みんなに紹介する」

能登が声を張ると、フロアにいた三十人ほどがわらわらと集まってきた。

思わずあと退りそうになる舟の背中に手を当てて、能登が紹介する。

「これが、例の解析をやってくれた石井《いしい》舟だ。試用期間が終了して、これからは本職の傍ら、正式にうちの理系ブレインとして活躍してもらう。石井は俺の幼馴染みだ。よろしくしてやってくれ」

これまで試用期間だったことも、正式に働くことになったのも初耳だった。

しかしここでそれを問い質すわけにもいかず、舟は困惑しながら頭を下げた。

「よろしくお願いします」

フロアに拍手が湧き起こる。よほどテンションの高い社員ばかりなのか、その拍手は儀礼的なものにしては高らかだった。笑顔で頷いている者もいる。

舟も思わず微笑を浮かべながら、わずかな口の動きで横の能登に訊く。

「どういうことだ」

能登も笑みを浮かべたまま、ほとんど唇を動かさずに訊き返してくる。

「説明が必要か？」

「当たり前だろう」

社員たちがデスクに戻るなか、舟は応接室へと連れて行かれた。その途中でふと強い視線を感じて窓際を見ると、観葉植物の横に見覚えのある人間がいた。背が非常に高い。茶色がかったさっぱりした長さの髪。彼は爽やかな笑顔を浮かべて、舟に軽く手を上げた。

――檜山《ひやま》……。

胸のざわめきを隠して、舟は軽く会釈を返した。

応接室に入ると能登から大判の封筒を渡された。中身は採用関係書類一式だった。会社案内のパンフレットも入っている。

「――僕はここで働くなんて聞いたことも、言ったこともない」

「うちの仕事は楽しいだろう？」

「でも」

「でもはナシだ。舟の会社が副業可なのは調べてある」

「僕の解析は素人仕事だ。正式に通用すると思えない」

「さっきの凄い拍手を聞かなかったのか？」

能登がなぜか自慢げな顔をする。

「舟のこれまでの解析は、うちの社員にすべて見せた。それであいつらが、石井舟の脳みそを欲しがったんだ。舟は教え上手なだけあって、文系にも理解しやすいようにまとめてあって大好評だった」

「…………」

――俺の解析を認めてくれたってことか？　それであの拍手をくれた？

能登が前傾姿勢になって、真剣な表情になる。

「舟、うちの会社に力を貸してくれ。俺はお前が欲しい」

肋骨のなかで心臓に弾けそうな衝撃が起こった。

能登の口からそんな言葉を聞くなど、期待すらしたことがなかった。

この会社には檜山がいる。彼と能登の親密さを見たくないと思う。しかしそれ以上に、能登を近くで見ていたいと思ってしまっていた。

――それに、逃げたくない。

苦痛を覚える結果になったとしても、母のように壊れたとしても、いまのまま停滞しているよりもいいのではないか。

能登の傍で仕事をすることで、もしかすると自分もなにかになれるのではないか。

舟は能登に承諾の頷きを返した。

「すみません。俺、経済学部出なんですけど、本っ当に数学苦手なんすよ。統計学の履修も、人のレポート写してなんとか乗りきったぐらいで」

高野が数人の社員とともに会議室に入ってきながら、恐縮した様子で謝る。

舟はホワイトボードの横に立ちながら笑顔で返す。

「かまわないよ。人に教えるのはけっこう好きだから」

コンサルティング業に必要な数学の知識を、理系を苦手とする社員たちに頼まれて教えることになったのだ。

高校のときを思い出して、懐かしい気持ちになる。

週に二、三回は会社帰りにA－2コンサルティングに顔を出し、週末は能登のマンションで缶詰状態で解析作業に勤《いそ》しむ。

そうしていくつかの案件をこなしていくうちに、能登の仕事の受け方に興味を持った。

彼は中堅企業相手の手堅い仕事をする傍らで、経営の危機に瀕《ひん》している零細企業の仕事も多く手がけていた。後者のコンサルタント料は格安で引き受けている。しかも、根気強く経営戦略を一緒に考えていくのだ。

「アツ社長は、ドMじゃないかって思うんすよね」

高野の言葉が始めはピンとこなかったが、改めて仕事現場で客観的に眺めると、そういう一面もあるのかもしれないと思えてきた。

振りまわされて振りまわされて、クライアントがいないところで何度もキレかけながらも眉間に皺を寄せて考え抜き、結果を出す。最後には涙ながらに礼を言いにきた経営者と固い握手を交わす。

A－2コンサルティングの社員たちが能登敦朗を慕っているのは、有能な社長だからというだけではなく、この仕事の醍醐味《だいごみ》を教えてくれるからなのだろう。

統計学の基礎講座を終えてホワイトボードを消していると、会議室に檜山が入ってきた。

「石井、もう帰りか？」

「……ええ」

「飲みに行こうぜ」

高校時代、檜山から能登のことをいろいろと教えてもらった。それで悪夢を見て苦しめられた。だから誘いに乗るべきではないと頭では考えるのに、舟はつい頷いてしまう。

この十年間の能登のことを知りたいという渇望に負けたのだ。

ファミレスではなく居酒屋で、檜山と三時間ほど話した。正確には話したというより、一方的に檜山の話を聞くかたちだったが。

内容は、いかにずっと檜山が能登の特別でありつづけたかというものだった。

大学こそ違ったが、ふたりは同じアルバイトをして交流を続けた。コンサルティング会社を興すときの奮闘話は、なまじな小説や映画よりもエキセントリックで面白かった。

かけがえのない思い出と時間を、能登と檜山は共有してきたのだ。

たとえ自分が東京にいつづけても、そんなふうに濃厚な歴史を積み重ねることはできなかっただろう。そう考えると、再会してから三ヶ月の能登との関係が希薄なものに思われてきた。

話がひと段落したところで、檜山が自慢そうに言った。

「高校からの、アツの彼女はひとり残らず知ってるぜ」

高校のときの乱交話が嫌でも思い出された。躊躇ったのち、舟は小声で尋ねた。

「……2ON2とかも、相変わらずなのか」

檜山はにやーっと笑って肩を竦めると、日本酒の追加注文をした。

いまさら能登の女関係を知っても動揺しない。しかし、檜山とも性的な接触が続いているのかと思うと、吐き気がするほど嫌な気持ちになった。

そしてその晩、悪夢を見た。

能登が檜山に抱かれている夢だ。女の姿はなかった。能登の部屋、能登のベッドのうえで。

舟はソファのところでノートパソコンを前にしたまま金縛りに遭ったみたいに身動きもできずに、行為を見せつけられた。

檜山に胸を舐められながら、能登がこちらを見て涙袋を膨らませた——。


「兼業きついか？」

すぐ横から能登に尋ねられて、ぼんやりしていた舟は椅子をガタッとさせた。A－2コンサルティングのオフィスには、すでにほかに人影はない。

「いや、大丈夫だよ」

「でも寝不足って顔だ」

寝不足なのは間違いない。悪夢を見るのだ。

この二週間で、三回も檜山と居酒屋に行ってしまった。高校のころと同じ悪循環に陥るとわかっているのに、誘惑に勝てない。

檜山の話によれば、能登はずっとコンサルティングの即戦力になる高度なデータ解析をできる人材を探していたのだという。それで舟に目をつけたのだろうという話だった。

そして先月、物理学部院卒の優秀な人材を発掘して、いまは試用期間中なのだという。オフィスのほうには来ていないから、舟のときにそうしたように別所で解析をさせているのだろう。

『A―2専業で仕事をしてくれるらしい。アツはさ、人材にも惚れっぽいんだよな。目新しいのに入れこみすぎるっていうか』

物理学は、コンサルティングの強力な武器になる。しかも舟とは違って、専業で働くことができるのだ。

――僕の居場所は……。

「なぁ、舟。誕生日だな」

能登の言葉に、舟は卓上カレンダーを見た。

「本当だ…」

「なんだ、気がついてなかったのか？」

「平日と変わらないから」

「重大イベントだろ」

「関係ない。誕生日もクリスマスも正月もバレンタインも」

嘘だった。自分の誕生日は忘れても、バレンタインデイと正月は、毎年必ず能登のことを想ってきた。これからもきっと、そうなのだろう。

舟の頬を、ツ…と指が滑った。能登の指だ。

頬骨から顎を幾度か往復したのち、試すように親指の腹が唇と顎先のあいだを押してきた。何度も押される。

横に立って見下ろしてくる能登と視線が合う。

「……」

舟はわずかに顎を引いた。

そのせいで親指が下唇に当たる。能登が息を呑む。その反応にゾクゾクして、舟はさらに顎を引いた。眼鏡がわずかに鼻先へと滑る。唇の真ん中を押される。唇を開くと、親指が口のなかに沈んできた。

舌先が指先に一瞬だけ触れたかと思うと、急に指を引き抜かれた。

拒絶されて、頭のなかが白くなる。

能登と明確に性的な関係を持ったのは、二ヶ月も前のことだ。

その後も、能登のマンションで疲れ果てて寝ているときに性的なことをされているような感触は覚えたものの、現実のことかは定かでなかった。それが自分の気のせいだったとすれば、要するに二ヶ月間も求められなかったのだ。

二ヶ月前の行為ももしかすると、人材としての舟を籠絡するためだったのかもしれない。だとすれば自分はいま、求められてもいないのに性的なことをしてしまったのだ。しかも、もう優秀な理系の後釜はいる。

「あ、の…」

動転して言い訳をしようとしたとき、ふいに視界が暗くなった。

唇にぐにっと温かいものが強く擦りつけられる。舟の薄い唇は簡単にかたちを歪められた。

「ん…」

そのやわらかさと強引さに、目を閉じる。全身の肌が粟立つ。頭の芯が痛いぐらい痺れた。

――まだ、欲しがってくれてる。

いまは、まだ。

そう思うと焦燥感がこみ上げてきた。性的な接触を欲してくれるのも、自分の解析能力を求めてくれるのも、いまだけなのかもしれない。

能登には次から次へと、魅力的な出会いが訪れるのだ。

そして自分は檜山のように不動の地位を手に入れることもできない。この十年の話を彼から聞いて、そう思い知らされた。

追い詰められたような心地で、舟は自分から能登へと唇を擦りつけた。それだけでは足りなくて、舌先で能登の唇を舐める。ぎこちなく、しかし懸命に舐めていると、能登の唇が開いた。切ないような吐息を漏らすその唇へ、舌を差しこむ。

「……ぁ」

能登が小さく声をたてる。それにそそられて、舟は座ったまま背伸びするようにした。能登の舌が舌先に触れる。もっと深く挿れたくて、俯く男の項を両手で掴んで抱きつく。

唇の重なりが深くなって、舌がいっぱい触れあう。

「く…ん」

自然と甘い声が漏れてしまう。

掴んでいる能登の項がしっとりと熱っぽくなっていく。

舌をさらに伸ばして口蓋を舐めると、能登が小さく身体を震わせた。次の瞬間、舌に甘い圧迫感を覚えた。狭められた口内で、舌を啜られる。繰り返し繰り返し、次第に強く啜られて、頭の芯が白む。果てる寸前のような昂ぶりのなか、舌を弾き出された。

「っ、ん」

目を開けて詰る視線を向けると、能登が気難しげに眉根を寄せる。

「オフィス内での淫らな行為は禁止だ」

口ではそう言いながら、舟の腰を両手で掴み、椅子からデスクのうえへと座りなおさせた。机上から床へとボールペンが転げ落ちる。

大きな身体が被さってくる。耳のなかを舐められながら、ジャケットの胸元に手を差しこまれた。シャツのうえから胸を撫でまわされる。すでに凝っている乳首のうえに人差し指が乗って、止まる。

「ぁ…」

トットットッと尖りを叩かれた。一定のリズムで叩かれていく。ジワジワと胸部に甘い痺れが溜まっていき、それがふいに下腹へと流れた。

「は、ふ……ぁ……あ」

耳に感じるこそばゆさも、それに合流する。

キスだけで反応しかけていた茎が、露骨に反り返りだす。スラックスの前がきつい。舟はデスクに後ろ手をつき、膝を開いた。

乳首を叩いたまま、能登が身体を離す。

いやらしい衝動に崩れている顔や下腹部を眺められた。それでも舟は顔を伏せることも、脚を閉じることもしなかった。

能登のこめかみのあたりが赤らんでいく。

胸に痛みに似た刺激を覚えて、舟は視線を落とした。

人差し指が鉤状に折れ曲がり、爪を乳首の付け根に引っかけようとしていた。引っかからずにぷつんと布の下の乳首を弾く。

「ぁ、ん」

ペニスの先が濡れるのがわかった。

何度も粒を抉り取りたいかのようにされて、その度に舟の下着のなかは濡れていく。トランクスの脚繰りから内腿へと先走りが伝っていくのを感じる。

舟はあやふやな声で呟く。

「お漏らし……」

「え？」

「また……スラックスに染みが、できる」

事態を把握したらしい。能登が喉で笑う。

「それは大変だな」

スラックスの前を開かれた。トランクスの合わせから性茎を引きずり出される。長さのあるものがきつく反って、弾む。濡れそぼった皮がめくれて、粘膜じみた中身が顔を出していた。

「本当にお漏らししたみたいだな」

能登が言いながら、ふたたび乳首をカリッカリッと刺激しはじめる。ペニスの先端からピュクッと透明な液が散った。

「胸だけでイけそうだな」

「……」

果てたら、そこで終わりにされる気がする。

舟はデスクから腰を上げると、能登を自分の椅子に座らせた。彼のスーツのジャケットの前を大きく開き、緩められていたネクタイを抜く。ワイシャツのボタンを外していくと、Vネックのサーフシャツが現れる。その男っぽく張った胸元に粒が浮き上がっていた。

「今日は、どうしたんだ？」

能登が小首を傾げて、面白がる顔をする。

舟は両手を伸ばし、サーフシャツの胸に手指を這わせた。乳首を親指で撫でると、能登がわずかに唇を開いた。少し強く捏ねて、摘み、軽く捻る。

「う……」

きつく眉根を寄せる顔はつらそうなのに、快楽を滲ませていた。

『アツ社長は、ドMじゃないかって思うんすよね』

見返りの薄い大変な仕事を好むという面だけでなく、性的にもそういうところがあるのかもしれない。そんなことを考えながらいじる。

能登の胴体が捩れる。

灰色と茶色が、見上げてくる眸のなかで蕩ける。

悪夢が――能登が檜山に抱かれる悪夢が脳裏をよぎる。

「っ、くっ」

急に能登が声をあげた。

知らず知らずのうちに、能登の両胸の粒を揺《す》り潰すように嬲《なぶ》っていた。舟は指の力を緩めて、腰を折った。舌を出す。サーフシャツのうえからぷつりとした突起を舐める。昔よく舐めさせられたから、悦《よろこ》ばせ方はわかっている。

緩急をつけて舌をくねらせながら、舟自身が強烈な昂ぶりを覚えてしまっていた。スラックスの前から伸びている茎の中枢が不安定にヒクつく。

舐めながら、能登のベルトを外し、スラックスのファスナーを下ろす。

手がぬるっと滑った。

胸から顔を離して見下ろすと、黒いローライズのボクサーパンツのウエストから、大きな亀頭が突き出ていた。オフィスの天井灯の白い光に照らされて、先端の縦の目が透明な蜜を溢れさせている。

下着のウエストに手をかけて苦しそうな性器を解放する。猛《たけ》ったものは幹に筋を走らせていた。それをじっと見詰めながら能登に尋ねる。

「ゴム……ある？」

「え、ああ」

能登がジャケットの内ポケットに手をやり、シルバーの名刺入れを取り出した。それを手渡される。開けてみると名刺の代わりに避妊具が入っていた。

「こんなのに入れてるんだ…」

しかも当たり前のように持ち歩いているわけだ。

能登の下半身事情は檜山から聞かされているから驚きはないものの、やはりこうして現実を前にすると、嫌な気持ちがこみ上げてくる。

舟はパッケージをひとつ取り出して、能登に手渡す。

「舟につけるのか？」

「……違う。能登の、に」

「俺の、ナニ？」

妙なことを言わせようとする能登に背を向けて、舟はベルトを外し、スラックスと下着を一緒に引きずり下ろした。そのまま床に脱ぎ捨てる。

オフィスで下半身を剝き出しにするのは、すさまじい違和感だった。羞恥が背筋を這いまわる。いますぐにでも衣類を着なおしたい衝動に駆られながら、舟は身体を返した。

能登の性器は、透明なゴムにぎゅっと拘束されていた。自身のたっぷりしたそれに手を添えながら、能登が低めた声で確かめる。

「するんだな？」

無言で頷くと、能登が立ち上がろうとした。それを押しとどめる。

彼が座っているワーキングチェアのアームを縦に九十度回転させて、背凭れのサイドに収納する。

「舟？」

怪訝そうに呼ばれるのを無視して、向かい合うかたちで能登の膝を跨いだ。開いた自分の脚のあいだに手を差しこみ、透明な皮膜に包まれた男の器官を摑む。コーティングのローションで手指がぬるつく。

俯いて場所を定めながら、腰を下ろしていく。

「まさか、このまま――おい」

窄まりにコツンと亀頭が当たる。重心を落としていくと、襞が戸惑いながら開きだす。能登が息を押し殺しながら、座部の腰の位置を少し前にずらした。それで角度が合ったらしい。ぐぷりと、先の部分がなかに入った。

唇を嚙み締めて、舟はさらに吞みこもうと苦闘する。しかしともすれば粘膜は能登のものを弾き出そうとする。

なんとか括《くび》れまでを含んだものの、そこで止まってしまう。

さらに唇をきつく嚙みなおして繫がりを深めようしたときだった。

ふいに頰にこそばゆい心地よさが生まれた。

能登の指先が頰をさすっていた。その指が嚙んで薄くなっている唇に触れる。ほぐすように指が蠢く。

「口を開けろ」

促されて、ぎこちなく歯を下唇から外した。唇の真ん中に、横倒しにされた親指の腹を当てられる。唇がやんわりと楕円形に押し開かれた。歯に触られる。

「口の力を緩めろ。楽になるから」

楽になりたくて言われたとおりにすると、全身に張り詰めていた力がわずかに緩んだ。カチカチに強張っていた臀部もやわらいで。

「あぁあ」

声が不安定に伸びた。

ずるりと身体が落ちる。体内を引き伸ばされる感覚が臍《へそ》のほうへと上がってくる。いや、実際には舟のほうが落ちていっていた。

「や、ひら…っ、ひらく」

奥へ奥へと、拓かれていく。

——大き……。

舟は能登の肩に必死でしがみついた。

「もう少しだ」

嚙み締めそうになる前歯を撫でられて、意識して口を開く。

「あ、ぁ、っん」

いかにもセックスをしているらしい上擦った掠れ声が出て、また腰がずり落ちた。完全に能登のうえに座りこむ。

舟は能登の親指をしゃぶったまま動けなくなっていた。男を含んだ内壁が張り詰めているのがわかる。腹部に力が入っては、抜ける。それを繰り返すうちに、いくらか苦しさが緩んできた。深く呼吸をすると口から指が抜けた。両肩を摑まれて、丸めていた背中を伸ばされる。

能登の視線が舟のうえを這いまわり、下腹で止まった。大きな唇が、性質の悪い笑みを浮かべる。

「舟のにも必要だな」

「え…？」

能登がデスクのうえの名刺入れに手を伸ばし、パッケージをもうひとつ破いた。ローションまみれのそれが、舟のものに寄せられる。しごくように手早く装着された。そのままぐちゅりと握られ、揉まれる。薄い膜があいだにあるのがもどかしくて、舟の腰は自然と揺らめく。それが次第に円を描く動きになっていく。

「ぁ……、ふ…」

腰からなま温かい波が広がる。波を捕らえようと身体をくねらせる。上体が大きくぐらついて、能登に両脇を摑まれて支えられた。それを頼りに粘膜で男を捏ねる。

腹部がゾクゾクして、舟は靴裏で床を踏み締めた。おそるおそる腰を上げ下げする。

「敦朗、の、こすれ…ぁ、ぁあ」

能登が脇の下に入れた手に力を加えるから、上下の動きが大きくなる。ずるずると結合部分が擦れていく。腰を上げるたびに腹腔に力が籠もる。

「っ、千切られそうだ」

節操のない能登の男性器を、本当にもぎ取って体内にしまっておきたい気持ちになる。

腰を使いながら、舟は能登のサーフシャツの裾を捲った。締まった腹部、みぞおち、胸部……どこも忙しなく波打っている。

シャツの裾を能登の口元に運ぶと、白い歯がそれを咥えた。

ペニスで感じる快楽とは別の快楽を期待して、能登の眸がチカチカと光る。

舟は右手の中指を舐めて濡らし、逞《たくま》しい胸部へと寄せた。小さく凝《こご》った実を舐めるみたいに撫でる。

「ん…っ、ん」

能登が喉を切なげに鳴らして、軽く仰《の》け反る。

体内のペニスがグッと膨張するのを舟は感じた。左手の中指も濡らして、もう片方の乳首もくにくにといじる。

とたんに、能登の腰が大きく突き上げる動きをした。

「っあ」

舟の身体はぐうっと持ち上げられ、上がったぶんだけ叩き落とされる。

「く、ふ」

性器が腹の奥まで届く衝撃に震える。

能登の両手に腰を摑まれ、繰り返し繰り返し持ち上げられては落とされる。振りまわされて、透明なゴムのなかで赤く腫れた先端が絶え間なく先走りを漏らす。

――もう、少し、でっ。

舟はほとんど本能のままに、内壁の気持ちいい場所に能登のものが強く当たる角度を保って忙しなく腰を振った。

「ぁ…、く……いく」

達しようとしていることを、懸命に能登に教える。

すると彼もまた射精のための直情的な動きへと移行する。

舟の茎は根元からめちゃくちゃに揺れていた。結合部分も、もうどうなっているのかわからないぐらい、互いを激しく捏ねまくる。

「もう――も、っ…ぁ――」

「舟っ…、あ、ぁあぁぁっっ」

ほとんど同時に、窮屈な膜のなかへと劣情を放った。舟の脚が引き攣れ、力を失って床に垂れる。

広い肩に額をつけてくったりしていると、能登がいくらか乱れの残る声で訊いてきた。

「どうしたんだ？　なにがそんなに心配なんだ？」

舟は顔を伏せたまま瞬きをする。

しかし檜山から聞いたことを素直に口にすることもできず、曖昧な表情で誤魔化して立ち上がろうとする。腰を浮かすと内壁のなかがずるずると能登のもので擦れて、力が抜けそうになった。半端に抜いたところで踏ん張りきれなくなる。

能登が腰を支えてくれた。下から見詰められる。なにかを答えなければならない気持ちにさせられた。

「敦朗が――敦朗だから」

「……えらく単純明快だな」

能登が強烈な打撃を受けたみたいに顔をしかめた。

「――――でもそれ以上に、僕が石井舟なのが理由だ」

柔軟性がなくて逃げてばかりいた。そして惰性の停滞で歳月を費やした。

能登敦朗に選ばれるような人間ではないと、誰よりも強く自分が思っている。だからこそ、檜山の一言一句に劣等感と嫉妬心を刺激されるのだ。

苦い笑いが漏れた。

「嫌だな」

鼻先へとずれた眼鏡の位置を直すふりをして、レンズごと手で目を隠す。

涙ぐむ目許は隠せたが、身体のかすかな震えは繋がっている場所から能登に響いてしまう。

腰を掴む能登の手に力が籠もる。

「舟が嫌でも、俺は嫌じゃない」

慰めてくれているのかと、指のあいだから能登を見る。能登が思い出し笑いをするみたいに笑う。

「石井舟が石井舟じゃなかったら、いまこうして俺の前にいない」

「……」

本当に涙が出そうになって、舟は無理やり立ち上がった。そして能登に背を向けて、避妊具などの事後処理をして脱いだ衣類を身に着けていく。

能登も立ち上がって身支度をしながら、なんでもないことのように提案してきた。

「心配なら、俺と暮らせばいい」

舟は目を瞠《みは》り、振り返る。

「いま、なんて…」

まっすぐな視線を向けられる。

「近くで俺を見張ればいいだろ」

能登が近づいてきて、橙色《だいだい》の小さな袋を舟の手に押しこんだ。袋には「家内安全」の文字が刺繍《ししゅう》してある。

「誕生日プレゼントだ」

胸に漣《さざなみ》が拡がる。

父にねだって買ってもらったお守り袋を思い出す。あれには一番欲しかった中身が入っていなかった。

「……ありがとう」

袋の表面を撫でると、なにか硬いものが入っている感触がした。それに少し重たい気がする。尋ねるように能登を見ると、頷きが返ってきた。口の紐を緩めて、中身を掌に出す。

槌目《つちめ》模様のプラチナリングが入っていた。

「左手薬指用だ。俺のも買っておいた」

「――」

胸の漣が喉許にまで届いて――顔をそむけるのが一瞬遅れたせいで、能登に涙を見られてしまった。

9

その日、就業後にA―2コンサルティングに行くと、オフィスは明るい雰囲気に包まれていた。能登《のと》の周りに社員が集まって、なにやら騒いでいる。なにごとかと思って見ていると、能登と目が合った。彼は人垣を掻き分けて舟《しゅう》のところに駆け寄ってきた。

「見ろ、これ」

Ａ４版のクリアファイルを手渡される。

それには黒いバイクの写真が挟まれていた。

「ガキのころからここのバイクのファンだったんだ。俺がいま乗ってるのもここのだ」

舟の両肩を能登が正面からグッと摑む。

「ここから依頼が来た。力になってくれ、舟」

舟は顔を綻ばせて大きく頷く。

弾んだ気持ちでデスクに鞄を置くと、高野《たかの》がニヤニヤ顔で近づいてきた。

「本当に幼馴染みなんっすね。飛びついて『舟』とか」

指摘されてようやく、下の名前で呼ばれたことに気づく。なにか急に顔が熱くなって、舟は咳払《せきばら》いをした。

「照れてんすかー」

いい気になって擦り寄ってくる高野からすうっと離れると、差別だとブーイングされた。高野が能登のほうを見る。

「アッ社長、石井《いしい》さんが来てからピカピカしてるんすよね。わかりやすすぎてこっちが恥ずかしいっすよ」

『石井舟が石井舟じゃなかったら、いまこうして俺の前にいない』

『近くで俺を見張ればいいだろ』

先週、誕生日にもらった言葉と、橙色の「家内安全」のお守り袋。その日から、前のお守り袋は持ち歩かなくなった。舟は胸の内ポケットに入っている温かい色合いのそれをジャケットのうえから掌でそっと押さえた。

午後十時半。仕事を終えてまだ残っている面々に「お先に失礼します」と挨拶してフロアをあとにする。エレベーターに乗りこむと、閉まろうとする扉から檜山《ひやま》が飛びこんできた。

降りていく箱のなかで誘惑される。

「飲みに行こうぜ」

一階に着き、檜山が先にエレベーターから降りてエントランスへと歩きだす。舟はその後ろをついていく。

ビルの外に出ると、秋の夜風にそっと頬を撫でられた。

舟は浅く瞬きをして立ち止まり、いつもの居酒屋へと向かう檜山に声をかけた。

「お疲れ様でした」

そうして、彼に背を向けて駅へと歩き出した。

憧れのバイクメーカーのコンサルティングを任されてからというもの、能登はすさまじい勢いでいくつもの仕事を進めていった。よほどテンションが上がっているらしく、鮮やかなプランニングを弾き出していく。

新たに入った物理学部院卒の町田《まちだ》という二十七歳の新入社員と舟は、高速でデータ解析を進めて能登に応えた。

檜山から聞かされたときは町田にポジションを奪われるのではないかと戦々恐々としたものだが、いざ入ってきてみると彼から教わることは多く、仕事が一段と楽しくなった。

こんなふうに前向きに町田を受け入れられたのは、能登のお陰だった。

なにか自分が生まれ変わったような気がする。しかし自分自身を棄てたわけではない。石井舟のまま、生まれ変わったのだ。

「みんな、半月のあいだ、A－2コンサルティングのことをよろしく頼む」

十月中旬に、能登はそう告げて会議室に集めた社員一同に頭を下げた。

件《くだん》のバイクメーカーが是非ともコンサルティングプランを練るうえでの参考にしてもらいたいと、能登をイタリアのバイクメーカー巡りに招待したのだった。

イタリアは小規模生産で、性能が高くデザイン性に優れた個性的なバイクを作るメーカーがいくつもある。細かなパーツにまで拘《こだわ》りと工夫が行き届いた、実に贅沢《ぜいたく》なマシーンだ。

能登が惚れているバイクメーカーは、イタリアンバイクのメソッドを積極的に取り入れた、日本においては異彩を放つ会社だ。そのため熱烈な固定客を摑んではいるものの、販売台数が伸び悩んでいた。それで今回、こうしてA－2コンサルティングの門を叩いたわけだ。

マンツーマンで時間を惜しまずに根気よくクライアントに付き合う企業姿勢や、また社長である能登のコンサルタントとしての能力が、特に製造業界では高く評価されつつあるらしい。

イタリアに飛ぶ前日の夜、舟は能登のマンションで彼とすごした。セックスの余韻に汗ばむ裸体をベッドに並べ、能登が言った。

「戻ってきたら一緒に住もう」

答えを悩むまでもない。舟は深く頷いて承諾した。


能登がイタリアに発《た》ってから三日目のことだった。昼食から戻って午後の業務時間に入った直後に、副社長の女性秘書が経理部にヒールを強く鳴らしながら入ってきた。鮮やかな水色のスーツに華奢な身体を包み、この時間になっても巻き髪も化粧も、まったく崩れていない。

彼女、田辺梨絵《たなべりえ》は舟の同期でもある。

綺麗にアイラインを引かれた目は、舟に据えられていた。なにごとかと訝しみながら立ち上がる。

「田辺さん、どう――」

舟の横を抜けたかと思うと、彼女はスッと腰を屈めた。舟のデスクの真ん中の引き出しをガラッと端まで引いた。奥まった場所に手を差しこむ。

身体を起こした梨絵の手には、ブランド物の化粧ポーチが握られていた。彼女はその中身を舟のデスクのうえにバラまいた。

何本もの口紅が机上を転がる。

憤りに震える唇で、梨絵が問う。

「どういうことなの、石井くん」

なにが起こっているのか、舟にはまったく理解できなかった。経理部の同僚たちもぽかんとしている。

「――いや、僕は知らない。いつの間に引き出しに」

梨絵は経理部全体を見回し、甲高い声で訴えた。

「これは、私のなくなった化粧ポーチと口紅よ。どうしてそれを石井くんが持っているの？」

「とぼけないでっ！」

向かいのデスクで林《はやし》が立ち上がる。

「なにかの間違いだろう。石井はそんなことをする奴じゃ」

「でも、現にこうしてデスクに入ってたじゃないですかっ」

「それは……」

野村真美《のむらまみ》がおずおずと近づいてくる。

「あの、待ってください。絶対に違うと思うんです」

「あなただって、自分の口紅を次々と盗まれたら気持ち悪いでしょうっ？」

「……それは、そう、なんですけど、でも」

視線で威圧して野村真美を黙らせると、梨絵は改めて冷ややかな軽蔑の視線を舟へと向けた。

「最低ね。このことは副社長にも人事部にも報告するわ」

五本の口紅をポーチにしまうと、絵梨はカッカカッとヒールを鳴らしてフロアを出て行った。

呆然として立ち尽くす舟に、林が声をかける。

「大丈夫だ。きっと誰かの悪戯《いたずら》だ。人事部の同期にもよく話しておく」

「――――」

舟は表情を失ったまま椅子に座った。右サイドの、突き出たままになっている引き出しを見詰める。

いつからあの化粧ポーチは入っていたのか？

――いったい誰が、なんのために……。

翌日の終業時間間際に、舟は人事部から呼び出しを受けた。出向くと、人事部長とともに副社長室に行くように告げられた。

副社長はお気に入りの秘書がストーカー被害に遭ったということで、こめかみに青筋を浮かべており、舟の主張はことごとく退けられた。

普通に考えれば、秘書課に忍びこんで梨絵の私物を漁るなど不可能だ。彼女とは同期という以外の接点もなく、実際、昨日久しぶりに言葉を交わしたほどだった。

人事部長は腑《ふ》に落ちていない顔つきをしているものの、副社長の剣幕の前ではひたすら頷くばかりだ。

化粧ポーチと口紅以外は被害がないということで、今回だけは処分はしないでおいてやると、副社長は自身の寛大さに悦に入った様子で告げた。

とはいえ、ストーカーのレッテルは貼られたままになり、それはあっという間に社内に広まった。経理部以外の社員からは露骨に白い目を向けられた。

能登と心を通わせて、気持ちがやわらかくなっているせいなのか、舟は自分でも意外なほどダメージを受けた。

そんななかA－2コンサルティングに顔を出すことで、精神のバランスを取っていたのだが。

ストーカー冤罪《えんざい》事件が起こってからちょうど一週間後、コンサルタント会社のほうに予想外の人物が舟を訪ねてきた。

能登維一朗《いいちろう》だった。

「外に行きましょう。君もここで話されては困る内容でしょうから」

硬い声と表情で、そう促された。

維一朗と会うのは十年ぶりだったが、彼が父親の製薬会社の重役職に就いていることは能登から聞かされていた。能登自身も大学時代から滅多に実家に戻ることはなくなり、兄とも疎遠になっているらしい。

近くのカフェの奥まった席に維一朗が腰を下ろす。舟もその向かいの椅子に座った。

昔から維一朗が自分のことをよく思っていないのはわかっていた。しかしいまは、露骨な憎悪が剥き出しになっている。

ブレンドコーヒーをふたつオーダーしてそれが運ばれてくるまで、維一朗はひと言も喋らなかった。

店員がコーヒーを置いて去っていくと、彼はかっちりとした革のビジネスバッグのなかから、大判の封筒を取り出した。それを舟に手渡す。

「知り合いの週刊誌の編集者から送られてきたサンプルデータを印刷したものです」

舟は封筒のなかから紙を取り出し、目を見開いた。

「A－2コンサルティングの社員が、兼業の会社でストーカー行為に及んだ……その記事は君についてのものでしょう？」

記事の内容は、維一朗が言うとおりのものだった。しかも、化粧ポーチや口紅についてだけではなく、悪質なメールを何百通も送り、被害者の自宅マンションに侵入しようとしたなどという根も葉もないことまで書き連ねてある。使われている写真は、目の部分を隠したスーツ姿の舟だった。

憤りに手が震える。

「これは嘘です。僕はストーカー行為なんてしていません」

「君の会社の人間に確認させてもらいました。内容は言えないが、石井舟がストーカー行為をしたのは事実だ、とのことでした」

「――それは。でも本当に、していません」

維一朗はコーヒーをひと口含み、まずそうに眉をひそめた。そして、半眼で舟を見た。

「真偽など関係ありません。それを事実だと思っている人間が一定数いて、その記事が作られてしまったことが問題なのです。それが出回ったら、どうなりますか？　君のことはどうでもいいですが、弟はどうなりますか？」

指摘されて、舟は青ざめる。

「弟は苦労していまの会社を起ち上げました。わかっていますか？　君はそれに大きな瑕《きず》をつけようとしているのですよ」

「……」

不条理すぎる話だが、維一朗の言葉には一理あった。

真実であろうと嘘であろうと、週刊誌を読んだ人間はA―2コンサルティングが悪質なストーカーを雇っていると認識するだろう。

コンサルティング業にもっとも必要なのは信頼関係だ。それがあればこそ、企業は社外秘の情報や会社の致命傷になりかねない弱点を打ち明けてくれる。

倫理観に著しく欠けた社員を雇いつづけるような自浄能力のない組織に、企業の命運を任せる気になるだろうか？

これまで能登が手間隙《てまひま》を惜しまず真摯《しんし》に取り組んできたいくつもの案件。そのひとつひとつの結果の積み重ねが、いまのA－2コンサルティングの評価となっているのだ。

――……それを壊すことなんて、できない。

どうすれば被害を最小限に食い止められるのか。

数分にもおよぶ沈思ののち、舟は記事を封筒に入れなおして維一朗へと差し出した。

「A－2コンサルティングの仕事は辞めます」

そうすれば、きちんと問題社員を切ったという評価に落ち着くだろう。

維一朗が封筒を受け取って頷く。

「それが妥当でしょう」

封筒を鞄にしまいながら付け加える。

「私もこれが世に出ないように金と人脈を駆使して止めるつもりです」

「……たいへんなご迷惑をおかけしますが、どうかよろしくお願いします」

「これで敦朗につきまとうのも、終わりにしてもらえますね？」

維一朗が苦々しげに口元を歪める。

「家庭に問題があったから仕方ないのでしょうが、君はなにかというと弟の気を引いて、悪い影響を与えてきました。大人になったいまも同じです。弟に取り入って仕事をもらっている身で、こんなトラブルまで持ちこむなど——今度こそ弟から完全に離れてもらいます」

「完全、に？」

「弟の視界から完全に消えてください。君にも事情があるでしょうから、猶予は半月差し上げます」

伝票を手にして維一朗が立ち上がる。舟も思わず立ち上がった。

「それは、もう敦朗といっさい関わりを持つな、ということですか」

維一朗の横顔が溜め息をつく。

「この記事を揉み消すのに、私がどれだけの金と労力をかけるのか、理解していますか？　何度も何度もこんなことはできません。もし別れないというのなら、この記事はそのまま載せるしかありませんね」

「——」

もし別れないというのなら、という部分で、維一朗はもしかすると弟と舟の関係を知っているのかもしれないと感じた。

家族である維一朗にとって、舟が公私にわたって好ましくない相手であることは容易に想像できる。こうして身に覚えがないとはいえ社会的に問題を起こしたうえに、同性なのだ。

舟に主張できることは、なにもなかった。

「君も弟の性格はわかっているはずです。迷惑をかけたくなければ、よけいなことは敦朗に吹きこまないでください」

舟は維一朗の手から伝票を取ると、ふたりぶんの会計をすませて店から出た。
そしてその晩のうちに、二社ぶんの退職書類を作成した。

10

カーテンがなくなったせいで、西陽が直接、部屋に射しこんでくる。

大学を出てから六年間生活したマンションの部屋を見回す。部屋の隅にはダンボール箱が積まれている。大きな家具や家電の多くはリサイクル業者に持っていってもらったため、八畳間はこんなに広かったのかと思うほどがらんとしていた。

『戻ってきたら一緒に住もう』

そう言われた翌日から、舟《しゅう》は少しずつ持ち物を整理してホームセンターで買ってきたダンボール箱に荷物を詰めはじめた。夢見心地だった。

しかし半月前に能登維一朗《のといいちろう》に会ってから、荷造りは意味合いを百八十度変えた。

能登の傍にいくためではなく、能登から離れるために、作業を進めた。

すでに医療機器専門商社には退職届を出した。経理部の者たちは部長も含めて、思い直すようにと引き止めてくれた。空虚な気持ちで勤めてきた自分のことをここまで信用し、同僚として認めてくれていたのかと思うと、涙が出そうになった。

能登は予定どおりに帰国し、舟は二回の週末を彼の部屋ですごした。セックスも何度もした。

昨日の、土曜日の夜。終わるたびに、それを「最後」にしたくなくて、舟は何度も何度も求めた。

能登は「舟と住んだら大変だ」などと笑いながら、応えてくれた。

『引っ越し、手伝えなくて悪いな』

今朝、日曜にも関わらず能登はクライアントとの打ち合わせがあり、出かける支度をしながらそう謝ってきた。舟はやわらかく微笑して言った。

『大丈夫だよ。今晩から、お世話になります』

能登が照れ笑いをする。

『こちらこそ、よろしくな。じゃあ、行ってくる』

舟は玄関まで見送りについていった。能登が革靴を履いて、振り向く。

振り向いたかと思うと、舟の唇にキスをした。涙袋を浮かせた目が、遠ざかる。

『じゃあ、行ってくるな』

ドアが閉まる。

舟は俯き、全身に力を籠めた。そうして止めていないと、能登を追いかけてしまいそうだった。すべてを彼に打ち明けてしまいたい。能登が帰国してからずっと、なにもなかったかのような顔ですごしながら、彼とキスをしながらセックスしながら、打ち明けたい衝動と闘ってきた。

しかし、能登と彼の会社に迷惑をかけるわけにはいかない。

自分が波風を立てなければ、会社に打撃を与えずにすむ。能登も自分などと同棲しないで、維一朗も認めるような相手と結婚すればいい。

頭が深く垂れていく。震える唇で呟いた。

『お世話になり……ました』

小学五年で出会って、能登は舟の部屋で好き勝手にくつろいでいた。能登がどういうつもりかわからなくて困惑したけれども、いつ間にか、あのふたりきりの空間が「居場所」になっていた。

かたちすら崩れてしまった家庭のなかで、能登と出会うまでは自分の部屋すら、いつ母が叩きにくるかわからない危険な場所だった。しかし能登がランダムに部屋にいるせいなのだろう。いつしか母はわざわざ舟の部屋まで攻撃しにくることはなくなった。

舟の部屋は安心できる居場所になった。

能登が与えてくれたのだ。

再会して、逆に能登の部屋に通うようになって、そこもまたすぐに心地いい居場所になった。

いまはわかる。本当は部屋すら必要ないのだ。

能登がいてくれたら、そこが自分の居場所になる。

インターフォンが鳴る音に、舟は夢から覚めたように瞬きをした。ここは自分の部屋で、部屋の隅にはダンボール箱が積まれている。

——終わったんだ。

運送業者がさして数のないダンボール箱を運び出していく。

部屋のなかが空っぽになってから、舟は手荷物の入った旅行鞄を提げて部屋を出た。駅に向かう道すがら、ポストにA－2コンサルティング宛の退職書類が入った封筒を投函《とうかん》した。


東京では十二月になっても雪が降ることは滅多にないが、ここでは根雪となる。大学時代は北海道の冬の寒さに救われた。寒さを求めて、暖房を切ることもあった。身体がかじかんで痛くなると、胸のなかの痛みが紛れるからだ。

舟は電気も点けない部屋で壁に背を凭せかけて、白い息を吐く。白い息の向こうにある黒い窓のなか、スローモーションのように揺らめきながら灰雪が落ちていく。それは空から降ってくるというよりも、水のなかを浮力と重力に翻弄されながら沈んでいくように見えた。

買い換えた携帯電話のアラームが鳴る。前のものは解約し、電話番号もメールアドレスも変えた。破棄する携帯から友人や同僚たちの情報を消すとき、苦痛を覚えた。まとめて消すことはできなくて一人ずつ消していき、最後に能登敦朗《あつろう》を消した。

身支度をして黒いダウンコートのフードを深く被り、手袋を嵌める。マンスリーマンションの一階まで階段を下りて外に出ると、正面から冷気に押された。それに身を投じて、今月に入ってからアルバイトを始めたコンビニエンスストアに向かう。

しばらく生活に困らない貯金はあったものの、なにもしないで時間を流すのは苦痛すぎる。かといって、ここに根を下ろすような職種の仕事に就く気持ちにもなれなかった。

雪を踏み締めながら仰向くと、暗灰色の夜空から吐き出される雪が、もどかしい速度で顔に降ってくる。

もっと鋭く、一気に落下できたら、楽になれるのだろうか。

――でも……もう楽にならなくていい。

昔は耐えられなかったことも、いまなら耐えられる。だから能登敦朗のことを無理やり過去にする必要もないのだ。

コンビニのバックヤードで支度をしていると、入れ違いにシフトを上がるバイト仲間の女子大生が寄ってきた。大きな口で子供みたいに笑いかけてくる。

「ねぇねぇ、石井《いしい》さん。石井さんはやっぱりクリスマスは、予約済みなんですか？」

舟は微笑を浮かべて「ああ」と答える。

「わかってたけどショックー。でも、結婚はしてないんですよね？」

「まだね」

「お相手さんは不動ですか？」

面白い訊き方をしてくるから、思わず笑ってしまう。

「ああ。不動だよ」

大げさにがっかり顔をして、彼女は舟の左手を指差した。

「婚約指輪ってことですよね」

舟は左手薬指のプラチナの指輪に、やわらかい視線を落とす。

「そうだよ」

嘘をついている感覚はまったくなかった。かといって妄想に溺れているわけでもない。もう会えなくても、自分の相手はひとりしかいない。

業務中は指輪を外す決まりになっているから、家内安全のお守り袋に入れて、チノパンのヒップポケットにしまう。

二十九歳の誕生日に能登からもらったプラチナリングは、表面に槌目模様がつけられた少し幅のあるもので、舟の左手の薬指に吸いつくサイズだった。これまで指輪などしたことがなかったから気恥ずかしい気分になったけれども、一度嵌めたら、外したくなくなった。

従業員用通用口から売り場へと入る。クリスマス商戦まっただなかの店内にはクリスマスメロディが流れ、レジ周りは赤と緑と金色に彩られている。

　浮き浮きした様子のカップル、クリスマスバージョンのおまけ付きスナック菓子を母親にねだる子供、クリスマスが特別な日ではなくなってしまった疲れ顔の社会人。

　日付が変わって客足もまばらになったころ、舟は今日発売の雑誌を棚に陳列する作業に入った。古いものと新しいものを手早く並べ替えていく。その動きがビクッとして止まる。

　能登がいまコンサルティングを手がけている、子供のころからファンだったバイクメーカーの名前がビジネス誌の表紙に載っていたのだ。早朝のシフト明けに、舟はその雑誌を買って帰った。

　バイクメーカーの五十代の社長のインタビューが中心で、自社製品についての拘りや工夫などが語られている。ありがちな言葉だが、まさに夢とロマンに溢れていた。インタビューの最後のほうまで読み進めると、Ａ－２コンサルティングの名前が目に飛びこんできた。

　Ａ－２コンサルティングの若い社長――能登敦朗との海外視察、そして世代とビジネスを超えた交流が、新たなバイクへの夢を膨らませてくれている、という内容で記事は締めくくられていた。

「……よかった」

　能登はいま夢を叶えているのだ。

　子供のころ、能登に大人になったらなにになりたいのかを訊いたことがあった。彼ははぐらかして教えてくれなかったけれども、それはきっと、こんなかたちなのだろう。

「本当に、よかった」

　彼の夢に瑕をつけずにすんだ。

　心からよかったと思っているのに、心臓がひしゃげそうに軋む。

たぶん気持ちも肉体の反応も、どちらも本当なのだろう。

朝陽に輝く窓を見る。

雪はもうやんでいたが、積雪に陽光が反射しているせいだろう。白い光が痛いほど目に沁《し》みた。


クリスマスが終わり、コンビニの店内は慌しく正月商戦へと移行した。店長から年越しのシフトを頼まれたが、どうしても抜けられない用事があるのでと断った。「婚約者とすごすのかい？」と訊かれて「そうです」と答えると、「それじゃ仕方ないか」と店長は肩を竦めた。

バイトの面接の時、履歴書を見た店長は、どうしてこの学歴と職歴で二十九歳にしてコンビニエンスストアのアルバイトをするのかと怪訝そうに呟いたものの、舟のことを雇い、働きぶりを見て全面的に受け入れてくれた。店長もバイト仲間も温かみはあるもののドライで、必要以上の詮索はしてこない。それは大学時代の四年間にも感じたもので、地域的な性格傾向もあるのだろう。

それでもやはり、気にかけてくれているらしい。十二月三十一日、二十二時のバイト上がりのときに、バックヤードで店長が商品チェックをしながら言ってきた。

「ここじゃないところで全力を出せるようになったら、言ってくれ。募集をかけなきゃならないからな」

「……はい。ありがとうございます。よいお年を」

「ああ、よいお年を」

コートのフードを被って、自動ドアから外に出る。まるで氷のなかに飛び出したみたいだ。キンキンに冷えた大気のなかを、水気のない雪がサラサラと降ってくる。

今晩は、能登とすごす。

もちろん彼はいないが、部屋で彼のことを静かに想うのは、彼と一緒にいるのと同じことだ。

振り返って、考えることはある。

現実で一緒にいるために、なにか手立てはなかったのか。小学生の子供ではないのだ。二十九歳の男として、違う対抗方法や対処の仕方はなかったのか？

しかし自分は、映画や小説の颯爽《さっそう》と事件を解決するヒーローではない。

冤罪を被せられても、やらなかったことを証明できない、その辺によくいる一般人なのだ。

横を車が走り抜ける。ここでは雪道でも東京のように徐行運転などしないのだ。ひやりとして路肩に寄って、ふたたび歩きだす。

俯きながら、マンスリーマンションのある通りへと十字路を右に曲がる。

街灯に照らされて、無彩色の陰影をつけられた根雪の道。そこに、こちらに爪先を向けたひと組の革靴があった。男物で、少し癖のある美しいフォルムをしている。

「――――」

肋骨のなかで、心臓が膨らんでいく。はちきれそうなほど膨らんでも、舟は目を上げることができない。目と鼻と喉の奥が爛れたように熱くて苦しくて、足が雪道から浮き上がってしまっているみたいだ。

平衡感覚がおかしくなって、身体が傾いでいく。

「舟！」

名前を呼ばれて思わず視線を上げる。支えようと、能登が駆け寄りながら左手を伸ばしてくる。

「……っ」

再会など、まったく期待していなかった。

だから頭も身体もパニック状態に陥って、なにも考えられないまま舟はよろけながら方向転換した。

能登に背を向けて走り出し、十字路に飛び出したと同時に、パッと視界の左側が眩しい光に覆われた。

鼓膜が甲高い音にビリビリする。

身体が激しく後ろに飛んだ。

「……カ…、バカかっ！」

耳元で怒鳴られる。

雪のうえに尻餅をついて座っている。後ろから能登に抱きすくめられていた。

走り去った車が抗議のためのクラクションをもう一回鳴らした。

「ぁ…」

ようやく、自分が車に轢《ひ》かれそうになったのだと気づく。思わず呟く。

「バカだ」

「ああ。本っ当に大バカだな」

能登の声はしているし、抱き締められているけれども、顔が見えていないせいで、いま本当に能登といるのか確信が持てない。夢のなかにいるみたいだ。

回された腕にギチギチと力が籠もる。

「――なんで、俺に相談しなかった。あんな偽物の記事ひとつで、どうして俺から離れた」

質問というよりは、苦しそうに詰る声音だった。

能登はストーカー冤罪のことも、記事のことも知っているのだ。そして舟が決してそんなことをしないと信じ、探してくれた。

「……迷惑を、かけたく、なかった」

「バカ」

能登の唇が耳に触れた。冷たい唇から、温かな吐息が耳のなかへと流れこんでくる。

「迷惑はかけろ。俺から逃げるな」

いろんな言葉を言わなければならないのに、喉が震えて声が出ない。

舟はたどたどしく能登のコートの腕を左手で辿る。その先には剝き出しの手があった。自分も手袋を外して、その手の甲を掌で包む。

互いの指に嵌められた槌目模様のリングがぶつかって、静かな音をたてた。


能登はきっと寝食も惜しんで舟のことを探してくれたのだろう。そして、自身の仕事も手を抜かなかったに違いない。ひどく疲れ果てた様子で、マンスリーマンションの部屋に入ったとたんベッドに倒れこみ、そのまま眠りこんでしまった。

しかも、絶対に逃がさないためだろう。舟もまたがっしりと抱き締められたままベッドに倒されていた。下手に動くとシングルベッドから落ちそうだ。

壁の丸時計を見ると、午後十一時五十八分だった。

秒針がふた回りするのを目で追う。

三本の針がてっぺんでひとつに重なる。

一月一日が来た。


件の記事については根本的な手を打ったからなにも心配することはないと説得されて、舟は東京に戻ることになった。

年明け早々、アルバイトを辞めさせてほしいと申し出るのは、非常識なうえに心苦しいことだった。舟はもうしばらく北海道に留まって、区切りのいいところで東京に戻りたいと言ったのだが、能登に「舟はすぐ逃げるからダメだ」と却下された。せめても三日の午前中までは仕事に出て、その日のうちに東京に戻ることになった。

コンビニエンスストア出勤の最終日のシフト明けに、能登はわざわざ店長に挨拶をしに来て、名刺を手渡しながら言った。

「当社はこれまでいくつも、コンビニエンスストアのオーナー様のご相談に乗ってきました。なにかありましたら、いつでもご連絡ください。うちの大切な社員がお世話になりましたので、無料で相談に乗らせていただきます」

「おや、これは心強い。よろしくお願いします」

店長が破顔して喜んでくれたので、舟の気持ちは少しだけ軽くなった。

バックヤードから販売フロアに出る。棚を整理していたバイト仲間の女子大生のところに行って最後の挨拶をすると、彼女はしょげた顔になったが、舟の斜め後ろに立つ能登に目を向けて、その左手をじっと見た。それから舟の左手を見る。もう一度、能登の左手を見てから、大きな口に笑みを浮かべた。

「石井さん、よかったですね！　お幸せにっ」

直球すぎる祝福にたじろぐ舟の代わりに、能登が彼女に軽やかに返事をする。

「ありがとう。幸せになるよ」

マンスリーマンションの荷物は昨日のうちに運送業者に渡した。札幌《さっぽろ》に来てからほとんど荷物も増えておらず、一度も開けなかったダンボール箱がほとんどだった。

札幌駅から快速エアポートに乗って新千歳《しんちとせ》空港に移動する。そこのラウンジで飛行機を待っているときに、能登が言ってきた。

「東京に戻る前に、舟に謝らないといけないことがある」

「迷惑をかけたのは僕のほうだろう？　ストーカーの疑いをかけられて、記事まで書かれた……維一朗さんのお陰で世に出なくてすんだ」

「違うんだ。兄貴に嵌められてた」

舟はコーヒーカップを口元で止めた。

「……維一朗さんに？」

能登が頷く。

「すべて、兄の仕組んだことだった」

「あの記事を書かせたのが、お兄さんだったたってことか？」

「いや――冤罪のところからだ。うちの兄が、ストーカー冤罪自体を仕組んだ」

意味がわからなくて、舟は瞬きを忘れて正面の能登を見詰めた。彼は憤りに口元を大きく歪めていた。

「……でも、あれは僕の職場で起こったことだ」

「舟が勤めてたところは、医療機器の専門商社だったろう。そして、俺の実家は？」

「製薬会社」

「そうだ。しかも老舗《しにせ》のな。いくつもの大学病院の医者とズブズブのコネクションを持ってる。要するに、病院に医療機器の仕入先をA社からB社に変えさせることぐらい朝飯前なわけだ。A社にしてみれば死活問題だな。それを回避できるなら、社員のひとりぐらい喜んで犠牲にするだろう」

「まさか……うちの会社に、脅しを」

能登が苦い顔で頷く。

「ああ。兄貴が――もちろん人を介してだが――舟の勤めてた会社の副社長に接触して脅しをかけたんだ。それで、舟はストーカーに仕立て上げられた」

――副社長に……それで副社長秘書の田辺梨花《たなべりか》が。

彼女も共犯だったのか、それとも舟がストーカーだと思いこまされたのかはわからないが、副社長が噛んでいたのなら、彼女がストーカー被害者役に選ばれたのも納得がいく。

「でも、どうしてお兄さんがそんな画策を……」

維一朗が昔から自分をよく思っていないのはわかっていたが、ここまで謀略をめぐらせる必要がどこにあるのか。

「兄貴はわかってるからだ」

半眼にした目を据えながら、能登が続ける。

「舟が傍にいる以上、俺が実家の製薬会社に入る日は来ない。兄貴は俺を自分の下に置いて、思うように従わせたいんだ」

「……それだけ敦朗のコンサルティング能力を買ってるってことか」

「違うな。ただの支配欲だ。心配しているふりをして、俺を雁字搦《がんじがら》めにする。子供のころからそうだった——小学校四年のときに俺が学校でトラブルに巻きこまれたときも、兄が両親によけいなことを吹きこんで火消しをさせた。そうやって恩を売って俺を支配しようとしたんだ。結局俺は、当時の学校もなにもかも信じられなくなって、不登校になった」

能登と維一朗に、そんな背景があったとはまったく知らなかった。

「そういえば、舟は俺の小学四年のときのことを知ってたんだな。どうやって調べたんだ？」

「檜山《ひやま》から聞いた。能登のことを知りたくて、檜山からいろいろと教えてもらってたんだ。高校のころも、最近も」

能登が目と眉の間隔をグッと狭めた。気分を害するのも仕方ない。

「勝手にほじくり返して、本当にすまな——」

「話してない」

「え？」

「檜山には、小学四年のときのことは話してない」

「……でも、確かに檜山から」

能登はきつく目を眇めたまま、しばらく黙りこんでから呟いた。

「そういうことか」


東京に戻った翌日、一月四日、午前九時半。

能登とともにフロアに足を踏み入れたとたん、舟の姿を目にした高野《たかの》が声をあげた。

「石井さん!!」

新年の挨拶をしあっていた社員一同の目がこちらに向けられて、舟は申し訳ない気持ちで頭を下げた。自分はなんの断りもなく、この職場を放棄したのだ。そうして頭を下げて、左手薬指に指輪をしたままだったことに気づく。能登とのペアリングなのは一目瞭然だ。慌てて右手で左手を包むと、能登がなんでもないように言ってきた。

「カミングアウト済みだから気にするな」

「な…っ」

高野が舟のところに飛んでくる。

「石井さん、おかえりなさい」

そして告げ口した。

「アツ社長、舟は俺の嫁だから、嫁を探すのを手伝えって命令したんすよ。俺ら全力で情報網を駆使して探しました」

「────」

信じられないものを見る眼差しを向けると、能登が開きなおる。

「下手に隠すからややこしくなるんだ」

そして、フロアを見渡した。

「檜山は来てるか？」

「檜山さんなら朝一でクライアントのところに顔を出してから来るそうです」

「そうか」

社員たちに仕事始めの挨拶を手短にしてから、能登は舟を連れてガラスで仕切られた社長室に入った。

「すでに言ったとおり、舟の退職届は受理してない。無断欠勤のぶんは丸ごと給料ナシだ。これからはフルタイムに残業つきで働いてもらうからな」

舟は頷き、窘《たしな》める。

「仕事場で下の名前は呼ばないでくれ」

「うちの連中にには公認なのにか？」

「けじめの問題だ」

きっぱりと断じると、能登がいくらかふてくされたような顔をしてから了解した。

「あ、檜山さん、あけましておめでとうございます。社長が石井さんを連れて帰ってきましたよ」

女子社員の声がして、檜山がこちらに大きな足取りで向かってくるのがガラス越しに見えた。爽やかな笑顔で社長室に入ってくる。

「よお。石井、戻ったのか」

能登が椅子から立ち上がる。

「檜山、これから一緒に行ってもらいたいところがある」

「ん？　ああ、かまわないが」

「舟も来い」

三人でオフィスをあとにして、タクシーに乗りこむ。着いた先は新橋《しんばし》にある大きなビルだった。能登製薬の自社ビルだ。

能登が受付に行くと、社長の息子として認識されているのだろう。受付嬢ふたりが立ち上がって、深々と頭を下げた。重役である維一朗に用があると能登が告げると、内線電話で確認を取って、すぐにビル最上階へと通された。

維一朗は弟以外のふたりの顔を見て、表情を複雑に変えた。

舟に対しては憤り、檜山に対しては動揺を示す。

「敦朗が訪ねてくるとは珍しいですね。三人とも、どうぞ」

対面式のゆったりとした黒革のソファを示される。

同じ側のソファにつこうとした檜山に、能登が言う。

「檜山は、向こうだろ」

舟と檜山と、そして維一朗が動きを止めた。

その段になって、舟はようやく能登の考えを知る。

——敦朗のお兄さんと檜山が、繋がってた？

愕然として檜山を見ると、彼は微妙に笑った顔のまま表情を固めていた。それが次第に口元から崩れていく。目がぐるりと斜めうえに向けられる。みぞおちを震わせて無音で笑うと、檜山はローテーブルを回って向こう側のソファにドッと腰を下ろした。維一朗を見上げる。

「試合終了ー。維一朗さん、どうする？」

維一朗が苦い顔で檜山の横に腰を下ろした。

能登が口を開く。

「檜山、いつからこいつに買収されてたんだ」

「中三のとき。試合で十字靭帯ダメにしたときに、維一朗さんが見舞いに来てくれた。俺がアツのいいライバルだから心配してるってな。治療のために、いろいろと手を尽くしてくれた」

檜山が自身の左膝を拳で叩く。

「結局は復帰できなかったけどな。でも俺は維一朗さんに感謝した。バスケを続けてるアツへの嫉妬に苦しんでたら、維一朗さんが同じ高校に行って、一緒にすごせばいいって教えてくれた。アツは所詮《しょせん》、人のいいボンボンだからな。本当に俺に付き合って、バスケをやめた」

「そんな、身勝手な」

思わず舟が呟くと、維一朗がうんざりした顔をした。

「檜山くんと私の利害が一致していただけのことです。檜山くんは敦朗がバスケをするのをやめさせたかった。私は、君と敦朗の距離を開けさせたかった」

——そういうことだったのか…。

それで檜山は、舟に能登のことを話して聞かせたのだ。もちろん、舟が檜山に劣等感をいだいて過剰反応した部分も大きいのだろうが、檜山もまた舟が嫌な思いをするように話していたのだろう。

そうして、自分は大学入学を機に能登から離れた。

能登が唸《うな》るように問い質す。

「あんたは、俺をどうするつもりだったんだ？　檜山が俺の起業に協力したのも、あんたの差し金なんだろ」

維一朗が脚を組んで、檜山のほうにわずかに身体を傾けた。

「いまさら隠しても仕方ありませんか。好きなお遊びで社会勉強をしたら、ほどほどのところで檜山くんの手を借りて会社を潰させる予定でした。敦朗は私の下で働くべき人間ですから」

ソファを通して、能登の憤怒の震えが伝わってくる。

自分たちはこのふたりによって、幾度も道を曲げられてきたのだろう。舟のなかにも憤りはある。

——でもなんで、ここまで喋るんだろう？

一瞬、維一朗が視線を天井のほうへと動かした。舟はそちらに目をやり、防犯カメラがあるのに気づく。

檜山が能登を挑発する。

「でも俺はけっこうアツのことも気に入ってたんだ。喘ぎが可愛くて。一回ぐらいヤりたかったな」

煽られて檜山に飛びかかろうとする能登を、舟は腕を摑んで止めた。そうして、そのまま維一朗と檜山を冷ややかな視線で刺した。

「事情はよくわかりました。失礼させていただきます」

「舟…っ」

「行こう、敦朗」

廊下に出てエレベータホールへと向かう。

「どういうつもりだ、舟」

「防犯カメラがあった。Ａ－２コンサルティングの社長が暴力を振るう現場を撮らせるわけにはいかない」

能登は目をしばたたき、気を落ち着かせるための深呼吸をひとつした。

「ありがとうな。助けられた」

エレベーターに乗りこみながら、舟は呟く。

「いつも助けてくれたのは敦朗のほうだ」

「なにか言ったか？」

一階と「閉」のボタンをトットッと続けて押しながら、舟は首を小さく横に振った。

エントランスを出て、能登がビルをきつい眼差しで振り返る。

「なぁ、舟。見ててくれ。俺は新興だろうが老舗だろうが、俺がまっとうだと思う会社をどんどんあと押ししていく。かたちばっかりデカくて立派で中身が腐ってるものは、淘汰《とうた》してやる……子供のころから、そういうことができる大人になりたかったんだ」

小学生のころに教えてもらえなかった答えを、ようやく教えてもらえた。

舟は能登と一緒に歩きだす。

いまの自分はたぶんきっと、子供のころに思い描くことのできなかった、なりたかった自分なのだと思う。

エピローグ

「おかえり」

舟《しゅう》はオープンキッチンのなかから、帰宅した能登《のと》に声をかける。時計はもうすぐ十二時になろうとしていた。

去年の十一月中旬に本来なら能登のマンションに運ばれるはずだった引っ越しの荷物は、北海道へと大回りしてから、能登のところへと辿り着いた。すべてのダンボール箱は開けられて、その中身は使われていなかった一室へと収まった。

能登はこれまでリビングダイニング一室だけを使って生活していたが、舟と同居するに当たって、寝室を設けてベッドをそこに運びこみ、書籍などの私物を置く自室を作った。お陰でリビングダイニングはすっきりとしたくつろぎの空間になった。

舟はホットドリンクを作り、帰宅早々、ソファで仕事の資料読みを始めた能登の前に置いた。横に座りながら、ローテーブルに積まれた資料を見る。

「製薬メーカー？」

呟くと、能登が紙面から目を離さずに言う。

「三年前、能登製薬がこの会社の商品の製法を裏ルートから入手して、まったくの別商品として売り出したんだ。巧妙に成分に手を加えたせいで、裁判に訴えたものの敗訴した。この会社は倒産しかけたが、いい研究者がいることもあって、去年、別の中堅製薬会社と対等合併したんだ」

「その合併した会社のコンサルティングをするのか？」

「こちらから売りこんでる最中だ。能登製薬の血縁だと白状したうえでの営業だから簡単じゃないが、確実に脈はある。そのうち舟にも力を貸してもらうことになるから、よろしくな」

攻撃的な気分を示して、能登の眉がクッと持ち上がる。

およそ一ヶ月半前、仕事始めの日に能登製薬を訪ねて維一朗《いいちろう》と檜山《ひやま》が繋がっていた事実を暴いた能登は、完全に実家と対立する姿勢となった。

今回のこの案件が成立すれば、能登製薬への宣戦布告となるのだろう。

「拳じゃなくて、コンサルタントとしての力で闘うわけだ」

感慨深い気持ちで舟が言うと、能登が資料から顔を上げて、左手で拳を握ってみせた。

「拳も使ったけどな」

よくよく見ると、指の付け根の四つの出っ張りが赤く腫れている。

「今日、檜山を呼び出して二十発殴ってきた。ちゃんとカメラのないところでな」

「え…」

檜山はすでにA－2コンサルティングを辞めていた。

「あいつがちょっかいを出さなかったら、舟と十年も離れる羽目にならなかった。一年が二発ぶんなら安いもんだろ。こっちも何発か腹に食らったしな」

能登が腹部をさすり、苦い表情を滲ませた。

「でも、あの高校のころの俺のままだったら、とっくに舟に逃げられてただろうな。自分ではけっこう大人なつもりでいたけど、どうしようもないガキだったからな……舟に酷いことばっかりしてた。舟が離れていって、このままの自分じゃダメだと思ったんだ。だから変われるような生活をした」

確かに、十八歳の自分たちは、あのまま一緒にすごしてもいまのような関係にはなれなかったのかもしれない。

「僕は怖がりで、逃げることばかり考えてたからな」

「俺はすぐに追い詰めるしな……小学四年のときもそうだった。俺は友達気分でいたけど、向こうは俺のことが嫌いだったんだ。俺の近くにいると、焦って、腹が立って、泣きたくなるって言った。俺が追い詰めて、飛び降りさせたんだ」

自殺未遂をしたという能登のクラスメートの気持ちが舟には少しわかる気がした。それはたぶん、檜山が味わった気持ちでもあるのだろう。

しかしそれは能登が悪いのではない。彼は、むしろ。

「敦朗《あつろう》は、助けてくれた」

「……」

「十六歳の誕生日のとき、俺が壊れないように、お守り袋を使わないように、守ってくれた」

いまになれば、わかる。

能登が頻繁に部屋を訪ねてきていたのは、舟に自傷癖があることを、あの屋上階段で見抜いたからなのだ。

舟を追い詰めすぎないように、距離を取りながらも傍にいてくれていた。それはクラスメートを追い詰めてしまった過去のある能登にとっては、とても怖いことだったに違いない。

そのお蔭で舟は、自分のことも他人のことも切り裂かずにすんだ。

「僕には、敦朗じゃないとダメだった」

「――」

能登が唇の震えを誤魔化すように、ローテーブルに置かれたカップに手を伸ばす。焦げ茶色の液体を啜り、火傷したみたいにカップを口から離した。

「甘い」

「チョコレートコーヒーだからね」

舟は手に隠し持っていたものを能登に見せた。

「コーヒーに、これを入れたんだ」

「絵の具のチューブか？」

「なかにチョコレートが入ってる」

「でもなんでチョコだ？」

能登はそう言ってから壁の時計を見て、「ああ」と呟いた。

時計は十二時をすぎて、二月十四日に突入していた。能登が手にしていたファイルを閉じてテーブルに置いた。そしてもう一度、ちょっと眉間に皺を寄せながら、とろみの強い液体を飲む。

「舟からチョコをもらうのは初めてだな」

「誕生日おめでとう」

能登がニッと笑って、舟の手からチョコレートのチューブを取り上げた。

「じゃあ、さっそくプレゼントにこれをもらうかな」

「え、プレゼントはほかに」

チューブの蓋を開けて、能登が自分の唇にチョコレートをぐりぐりと塗った。

「……酷いことになってるけど」

「じゃあ、綺麗にしてくれ」

ねだられて、舟は腰を捻じって、能登に顔を近づけた。舌を出す。膨らみの強い唇を舐めあげ、舌でこそげ取ったものを飲みこむ。何度もそれを繰り返していくと、なにかチョコレートで酔ったみたいな感じになってきた。

気がついたときには、能登の口のなかまで舐めていた。チョコレートコーヒーの味がする。

舟の舌を舌で押し出すと、能登はワイシャツと、その下のサーフシャツを脱いで上半身裸になった。ソファの肘掛部分に頭を載せて仰向けになる。

チューブの口が、尖りかけている乳首に寄せられる。左右の一点ずつにチョコを塗りたくる。

期待の眼差しを向けられて、背筋がゾクゾクする。甘い乳首にしゃぶりつくと、能登が喘ぎを漏らす。

左の乳首を綺麗にして右へと舌を這わせると、また左胸にチョコレートが塗られる。それを何度も繰り返していくうちに、堪《こら》えられなくなったらしい。能登は自身のスラックスの前を開いてローライズのボクサーパンツの前を下げると、反り返ったものをみずからしごきだした。

舟は両手の親指と人差し指で、能登の左右の乳輪を摘んだ。せり出したふたつの粒を、舌先でぬるぬると交互に舐める。舐めるだけでは足りなくて、軽く前歯で噛むと、能登が呻き声をあげた。

ビュクビュクと散った白濁が、胸にまで届く。舟がその白い液を舌で掬って乳首に塗りつけると、能登がまたわずかに精子を漏らす。

胸や首筋を火照らせて荒く呼吸する姿は、いつもの一国一城の主《あるじ》として会社を仕切る能登敦朗からは想像もつかないほど淫靡《いんび》だ。そそられて、舟は立ち上がってスラックスと下着を脱いだ。続けて上半身の衣類も脱いで全裸になる。

そして、恥ずかしくなるほど勃っている茎にチョコレートを塗った。

横たわる能登の顔に跨るかたちで右膝をソファにつき、左の足の裏で床を踏み締める。

緩んだ大きな唇にペニスを寄せると、能登はみずから舌を出して忙しなく舐めはじめた。裏のラインを執拗《しつよう》に舐められて、先端にコーティングしたチョコレートが先走りで溶けていく。溶けたものを音をたてて啜られる。

「は…ぅ…、っ…」

舟は大きく息を乱して腰を進めた。熱っぽい、唾液でとろとろになった粘膜に茎を包まれる。自然と腰を振ってしまっていた。

能登が少し苦しそうに目許を歪める。

——もう……、…っ。

果てそうになった寸前、腰を摑まれて快楽を途切れさせられた。戸惑うペニスが宙でくねる。

「あ、敦朗」

もう一度挿れようと腰を進めるのに、挿れさせてもらえない。代わりに、腰の位置を能登の顔のうえから腰のうえへと移動させられた。脚の狭間に男の性器を押しつけられて、舟は下腹部をグッと締めた。

「ぁ…ん…っ」

窄まりに、馴染んだものが強引に入りこんでくる。しかしすぐに、口を開きかけた襞からちゅぷりとそれが抜かれる。食べ損なって困惑しているところに、ふたたび、前より少し深くペニスが入りこむ。

「あ――っ…」

また抜かれる。半端に挿入されては抜かれて、いつしか脚のあいだがジンジンと痺れていた。小さく口を開いたままの孔が、もどかしさにわななく。

「敦朗、っ」

「んー？」

硬いものに拡げられたがって、腹腔の奥が小刻みに波打つ。

「ほし、い――もっと、ちゃんと」

孔の縁に先端をぬるぬると擦りつけられる。懸命に誘いこもうとするのに焦らされる。

「はや、く」

腰を手で留められるのに抗って、舟は懸命に腰を下ろそうとする。

「全部、挿れてもらいたいか？」

何度も頷くと、ふいに能登の手から力が抜けた。身体が、熱くて太い杭《くい》のうえに落ちていく。脚のあいだを深く抉られる。

「ひっ、ぁ、ぁあっ……敦朗、の……ん、んンっ、っ」

能登の腰に座りこんだ瞬間、舟は爪先まで震わせた。性器から白い粘液がどろりと溢れた。それは止まらずに、長い粘糸を縒《よ》って能登のみぞおちへと垂れていく。

能登が腰を揺すり上げるたびに白い粘糸がたわんで切れ、また新たな糸を縒る。

舟もまた、能登の動きに合わせて腰を前後に振りたてる。

「い、いい…ゴリゴリ、する」

うわ言みたいに口走ると、この一ヶ月半で舟の内側を知り尽くした能登に、もっとも弱い場所を狙われた。突き上げられる。

「ぁっ、そこ…っぁあ」

これ以上の快楽はないと思うのに、さらにまた大きな波に打ち上げられる。もうとても耐えられなくて、腰を上げようとしたが。

「逃げるな」

命じられる。

「う…」

舟は子供みたいなしゃっくりをする。

鼻先へと滑った眼鏡の下で、目は涙でぐしゃぐしゃになっていた。

逃げてしまいたいぐらい強烈な快楽に苛まれながら、舟はそれを受け止め、能登に身体を開きつづけた。

粘膜を擦り剝けそうなほど擦《こす》られて、頭のなかが白く煮えつづける。

身体のどこも制御できなくて、声と白濁が止まらない。能登の腰の蠢きが急に忙しなくなった。これ以上ないほど、下肢が密着する。ぶるっと能登の全身が——舟に深く入りこんでいる器官まで、震えた。

「あっ、ああ、舟…っ、っく、んん…ぁっ、…あ」

体内に粘液をドッと流しこまれて、舟の上半身はぐにゃぐにゃになる。能登が慌てて上体を起こして支えてくれた。

能登の指先が頬に触れてくる。

すりすりと擦《こす》られる。

心地よさに、舟は溜め息をつき、焦点の合いきらない目で能登を見詰める。

「どうして、気がつかなかったんだろう…」

「ん？　なにをだ？」

こうして優しく肌を撫でるのが能登にとって、キスよりもセックスよりも深い気持ちの表現であったことを、昔の自分は理解していなかった。

「僕は『特別』にしてもらえてたんだな。子供のころから」

能登が小首を傾げて、呆れるような笑いを浮かべた。

「俺の行動はいつだって、バカみたいにわかりやすかったのにな」

言葉の最後と一緒に能登の唇が、舟の唇にぶつけられる。目を閉じて、淡くなっていく意識で思う。

いつかまたゆっくり、出会ったときからの自分たちを振り返ろう。

きっとそこには、その時には見えなかった、とても優しい色彩が広がっている。

あとがき

こんにちは。沙野風結子《さのふゆこ》です。

さて、今回は幼馴染《おさななじ》みものです。最近、特殊設定モノを書くことが多かったので、ごく普通のハードな職業でもない人たちの恋愛モノを新鮮な気持ちで書きました。

ごく普通といっても、彼らの関係性はいびつですね。幼馴染みではあるけれども、嚙《か》み合わないまま年月を重ねていきます……いやでも表面的に嚙み合ってないだけで、もっとも肝心なところではちゃんと嚙み合っていた気もします。

本編は舟《しゅう》視点で進んでいきますが、敦朗《あつろう》視点で考えると、敦朗のほうが心身ともに大変なことになっていたに違いありません。ふたりの初エッチシーンも敦朗なりに、欲望と舟を守るための手段とが入り混じった、必死なものだったはずです。

それにしても、小学五年で出会って、二十九歳の誕生日までですからずいぶんと長い歳月の話です。本当は高校までのシーンをもっと圧縮するつもりだったのですが、書いていたらあれも入れたいこれも入れたいになって、けっこうなページ数を割いてしまいました。

長い時間経過のある話をどう詰め込むのかは難しくて、頭を悩ませました。読んでくださる方たちにふたりの関係性や積み重ねてきたものをお伝えできていればいいのですが…。

イラストをつけてくださった乃一《のいち》ミクロ先生、今回も繊細かつ独特な風合いを堪能させていただいております。表紙も口絵もしっとりしたアンニュイさと情念が入り混じっていて、惹《ひ》き込まれます。キャラフの子供なふたりがこれまた可愛《かわい》くてイメージどおりで、感動しました！

担当様、たいへんお世話になりました。的を射たアドバイスをいただけて、作品に反映させやすかったです。

そして、本作を手に取ってくださった皆様に改めて感謝を。

地味なお話ですが、私なりに積み上げてみましたので、どこか楽しんでいただける部分があったら嬉《うれ》しいです。ちなみに今回のエロポイントは攻乳首です！　受よりも感度がよさそうな攻です。笑。

沙野風結子

＊風結び＊ http://blog.livedoor.jp/sanofuyu/

LYNX ROMANCE

氷《こおり》の軍神《ぐんしん》 ～マリッジ・ブルー～

沙野風結子

illust. 霧壬ゆうや

898円（本体価格855円）

中小企業庁に勤務する周防孝臣は企業の海外展開を支援するため、ドイツへ視察に向かう。財閥総帥の次男、クラウス・ザイドリッツに迎えられ、冷徹な軍人の印象をもつ美貌の彼と濃密な時間を過ごすことになった。帰国前日、同性であるクラウスの洗練された魅力にあらがえないことに思い悩む孝臣は、ディナーで突然、意識をなくしてしまう。目覚めた孝臣にまっていたのは拘束され、クラウスに「淘汰」されることだった…。

LYNX ROMANCE

リバーシブルスカイ

沙野風結子

illust. 和鐵屋匠

898円（本体価格855円）

高校時代、クライマーを目指していた医者の蒼一は、弟の親友・陸に夢を託し、活躍を密かに見守っていた。しかし、登山中に弟が死亡し、陸が重傷を負ってしまう。彼を救いたい一心で、ともに暮らし面倒を見るが、肉体は回復しても、陸の心はズタズタなままだった。毎晩悪夢にうなされる陸を起こしていた蒼一は、ある夜夢うつつの彼に、突然襲われ…。相手への想いに葛藤しながらも、頂上を目指す二人の運命は…。

LYNX ROMANCE

赫《あか》蜥蜴《とかげ》の閨《ねや》

沙野風結子

illust. 奈良千春

898円（本体価格855円）

高柳商事大阪支社長の光己は、英国人の血が混じる端麗な容姿に美しい妻と、誰もが羨む人生を歩んでいる。しかし、会社のために自分を利用する社長の養父や、我が侭な妻に振り回され、光己は鬱屈した日々を重ねていた。ある日、光己は妻の浮気をネタに熾津組の若頭、熾津臣に強請られ、凌辱されてしまう。なぜか執着され執拗に繰り返される行為に光己は理性を徐々に蝕まれていく。だが次第に奇妙な解放感と安らぎを感じ…。

LYNX ROMANCE

蛇恋《じゃれん》の禊《みそぎ》

沙野風結子

illust. 奈良千春

898円（本体価格855円）

平凡な大学生ながら不可抗力によって岐柳組次期組長に据えられた凪斗。常に傍に控えている、恋人で補佐でもある角能に支えられ、戸惑いながらもその重圧に耐えていた。だが代目襲名を控えたある日、敵対組織に襲撃された凪斗を庇い角能が負傷してしまう。いつか自分の為に命を落としてしまうと恐れた凪斗は次第に角能と距離を取るようになる。二人の亀裂は広がるまま、岐柳組は抗争に巻き込まれていき…。

LYNX ROMANCEx

獣《けもの》の月《つ》隠《ごも》り

沙野風結子 illust. 実相寺紫子

898円（本体価格855円）

銀色の人狼・月貴と一緒にいたいがために、過酷な検査や学習に耐え、懸命に生きようとしていた同じ人狼の睦月。あるとき、特殊な力を持つ猟獣・朋と闘うことになった睦月は、一方的になぶられ、ひどく傷つけられる。ショックで人に戻ることもできず、廃棄寸前の睦月を救ってくれたのは、憧れの月貴だった。傷口を舐め、癒してくれる月貴から「俺を好きになって」と告げられた睦月は、気持ちを受け入れるが……。

LYNX ROMANCE

獣《けもの》の妻《つま》乞《ご》い

沙野風結子 illust. 実相寺紫子

898円（本体価格855円）

通り魔に襲われた高校生の由原尚季は、狩野飛月という男に助けられる。強引な手口により、飛月と一緒に暮らすことになった尚季は、凶暴そうな見た目に反し、無邪気で優しい男に急速に惹かれていく。だが、仕事に行くたび尋常さを失う飛月に、尚季は昼夜を問わず、荒々しく抱かれるようになる。次第に獣じみていく飛月の異変に不安を覚える尚季は、彼が凶悪犯罪者を抹殺するため、秘密裏に造られた「猟獣」だと知り……。

LYNX ROMANCE

マルタイ —SPの恋人—

妃川螢 illust. 亜樹良のりかず

898円（本体価格855円）

来日した某国首相の息子・アナスタシアの警護を命じられた警視庁SPの室塚。我が儘セレブに慣れていない室塚は、アナスタシアの奔放っぷりに唖然とする。しかも、彼の要望から二十四時間体制で警護にあたることに。買い物や観光に振り回されてぐったりする反面、室塚は存外それを楽しんでいることに気付く。そして、アナスタシアの抱える寂しさや無邪気な素顔に徐々に惹かれていく。そんな中アナスタシアが拉致されしまい……。

LYNX ROMANCE

裸《はだか》執《しつ》事《じ》〜縛鎖〜

水戸泉 原作：マーダー工房 illust. 倒神神倒

898円（本体価格855円）

大学生の前田智明は、仕事をクビになり途方に暮れていた。そんな時、日給三万円という求人を目にする。誘惑に負け指定の場所に向かった智明の前に現れたのは、豪邸と見目麗しい執事たち……。アルバイトの内容はなんとご主人様として執事を従えることだった。はじめは当惑したが、どんな命令にも逆らわない執事たちに、サディスティックな欲望を覚えはじめた智明。次第にエスカレートし、執事たちを淫らに弄ぶ悦びに目覚め——。

LYNX ROMANCE

赦《ゆる》されざる罪《つみ》の夜《よる》

いとう由貴　illust. 高崎ぼすこ

898円
（本体価格855円）

精悍な容貌の久保田貴俊は、ある夜バーで、淫らな色気をまとった上原慎哉に声をかけられ、誘われるままに寝てしまう。あくまで『遊び』のはずだったが、次第に上原の身体にのめり込んでいく貴俊。だがある日、貴俊は上原の身体をいいように弄んでいる男の存在を知る。自分に見せたことのない表情で命じられるまま自慰をする上原に言いようのない苛立ちを感じるが、彼がある償いのために、身体を差し出していると知り…。

LYNX ROMANCE

竜王《りゅうおう》の后《きさき》

剛しいら　illust. 香咲

898円
（本体価格855円）

皇帝を阻む唯一の存在・竜王が妻を娶り、その力を覚醒させる——予言を恐れた皇帝により、村は次々と焼き払われた。そんな村跡で動物と心を通わせられる穏やかな青年・シンは、精悍な男を助ける。男は言葉も記憶も失い、日常生活すら一人では覚束ない様子。シンは彼をリュウと名付け、共に暮らし始めたが、ある夜、普段の愚鈍な姿からは思いもよらない威圧的な態度のリュウに、自分は竜王だと言われ、無理やり体を開かれて——。

LYNX ROMANCE

天《てん》使《し》強《ごう》奪《だつ》

六青みつみ　illust. 青井秋

898円
（本体価格855円）

身体、忍耐力は抜群だが、人と争うことが苦手なクライスは、王室警護士になり穏やかな毎日を送っていた。そんなある日、王家の一員が悪魔に憑依され、凄腕のエクソシスト『エリファス・レヴィ』がやってくる。クライスはひと目見て彼に心を奪われるが、高嶺の花だと諦める。だが、自分でも知らなかった『守護者』の能力を買われ彼の警護役に抜擢される。寝起きをともにする日々に、エリファスへの気持ちは高まってゆき…。

LYNX ROMANCE

咎《とが》人《びと》のくちづけ

夜光花　illust. 山岸ほくと

898円
（本体価格855円）

魔術師・ローレンの元に暮らしていた見習い魔術師のルイ。彼の遺言で森の奥からサントリムの都にきたルイに与えられた仕事は、セントダイナの第二王子・ハッサンの世話をすることだった。無実の罪で陥れられ亡命したハッサンは、表向きは死んだことにして今ではサントリムの『淵底の森』に匿われていた。物静かなルイは気に入ったハッサンは徐々にルイにうち解けていく。そんな中、セントダイナでは民が暴動を起こしており…。

LYNX ROMANCE

略《りゃく》奪《だつ》者《しゃ》の純情《じゅんじょう》

バーバラ片桐

illust. 周防佑未

898円（本体価格855円）

社長秘書を努める井樋響生のもとに、ある日荒賀組の若頭である荒賀侑真が現れた。荒賀とは小学校からの幼なじみで、学生時代には唯一の友人だったが十年振りに再会した彼は、冷徹で傲岸不遜な男に変わっていた。そんな荒賀に会社の悪評を流され、連日マスコミの対応に追われる響生。社長の宮川に恩を感じている響生は、会社の窮地を救おうと奔走するが荒賀に「手を引いてほしければおまえの身体で奉仕しろ」と脅迫されて…。

LYNX ROMANCE

おとなの秘《ひ》密《みつ》

石原ひな子

illust. 北沢きょう

898円（本体価格855円）

男らしい外見とは裏腹に温厚な性格の恩田は、職場で唯一の男性保育士として日々奮闘していた。そんなある日、恩田は保育園に息子を預けに来た京野と出会う。はじめはクールな雰囲気の京野にどう接していいか分からなかったものの、男手ひとつで慣れない子育てを一生懸命やっている姿に惹かれていく恩田。そして、普段はクールな京野がふとした時に見せる笑顔に我慢が効かなくなった恩田は、思い余って告白してしまって…！

LYNX ROMANCE

暁《あかつき》に堕《お》ちる星《ほし》

和泉桂

illust. 円陣闇丸

898円（本体価格855円）

清澗寺伯爵家の養子である貴郁は、抑圧され、生の実感が希薄なまま日日を過ごしていた。やがて貴郁は政略結婚し、奔放な妻と形式的な夫婦生活を営むようになる。そんな貴郁の虚しさを慰めるのは、理想的な父親像を体現した厳しくも頼れる義父・宗晃と、優しく包容力のある義兄・篤行だった。だがある夜を境に、二人から肉体を求められるようになってしまう。どちらにも抗えず、義理の父兄と爛れた情交に耽る貴郁は…。

LYNX ROMANCE

追《つい》憶《おく》の雨《あめ》

きたざわ尋子

illust. 高宮東

898円（本体価格855円）

ビスクドールのような美しい容姿のレインは、長い寿命と不老の身体を持つバル・ナシュとして覚醒してから、同族の集まる島で静かに暮らしていた。そんなある日、レインのもとに新しく同族となる人物・エルナンの情報が届く。彼は、かつてレインが唯一大切にしていた少年だった。逞しく成長したエルナンは、離れていた分の想いをぶつけるようにレインを求めてきたが、レインは快楽に溺れる自分の性質を恐れていて…。

LYNX ROMANCE

月神《つきがみ》の愛《め》でる花《はな》～六つ花の咲く都～

朝霞月子　illust. 千川夏味

898円
（本体価格855円）

ある日突然、見知らぬ世界・サークィン皇国へ迷い込んでしまった純情な高校生の佐保は、若き皇帝・レグレシティスと出会い、紆余曲折を経て結ばれる。彼の側で皇妃として生きることを選んだ佐保は、絆を深めながら、穏やかで幸せな日々を過ごしていた。季節は巡り、佐保が王都で初めて迎える本格的な冬。雪で白く染まった景色に心躍らせる佐保は街に出るが、そこでとある男に出会い…？

LYNX ROMANCE

月神《つきがみ》の愛《め》でる花《はな》～澄碧の護り手～

朝霞月子　illust. 千川夏味

898円
（本体価格855円）

見知らぬ異世界・サークィン皇国へトリップしてしまった純情な高校生の佐保は、若き皇帝・レグレシティスと出会い、紆余曲折を経て、身も心も結ばれる。皇妃としてレグレシティスと共に生きることを選んだ佐保は、絆を深めながら幸せな日々を過ごしていた。そんなある日、交流のある領主へ挨拶に行くというレグレシティスの公務に付き添い、港湾都市・イオニアへ向かうことに。そこで佐保が出会ったのは…？

LYNX ROMANCE

天使《てんし》のささやき2

かわい有美子　illust. 蓮川愛

898円
（本体価格855円）

警視庁警護課でSPとして勤務する名田は、同じくSPの峯神とめでたく恋人同士となる。二人きりの旅行やデートに誘われ嬉しくも思う名田。しかし、以前からかかわっている事件は未だ解決が見えず、また名田はSPとしての仕事に自分が向いているのかどうか悩んでもいた。そんな中、名田が確保した議員秘書の矢崎が不審な自殺を遂げる。ますますきな臭くなる中、名田たちは引き続き行われる国際会議に厳戒態勢で臨むが…。

LYNX ROMANCE

クリスタル ガーディアン

水壬楓子　illust. 土屋むう

898円
（本体価格855円）

北方五都と呼ばれる地方で、もっとも広大な領土と国力を持つ月都。月都の王族には守護獣がつき、主である王族が死ぬか、契約解除が告げられるまで、その関係は続いていく。しかし、月都の第七皇子・守善には守護獣がつかなかった。だがある日、兄である第一皇子から「将来の国の守りも考え伝説の守護獣である雪豹と契約を結んでこい」と命じられる。さらに豹の守護獣・イリヤを預けられ、一緒に旅をすることになり…。

LYNX ROMANCE

獣《けもの》王子《おうじ》と忠誠《ちゅうせい》の騎士《きし》

宮緒葵　illust. サマミヤアカザ

898円
(本体価格855円)

トゥラン王国の騎士・ラファエルは、幼き第一王子・クリスティアンに永遠の忠誠を誓った。しかし六歳になったある日、クリスティアンが忽然と姿を消してしまう。そして十一年後―ラファエルはついに「魔の森」で美しく成長した王子を見つけ出す。国に連れ帰るも魔獣に育てられ言葉も忘れていたクリスティアンは獣のようだった。それでも変わらぬ忠誠を捧げ、献身的に尽くすラファエルにクリスティアンも心を開きはじめ…。

LYNX ROMANCE

千両箱《せんりょうばこ》で眠《ねむ》る君《きみ》

バーバラ片桐　illust. 周防佑未

898円
(本体価格855円)

幼少のトラウマから、千両箱の中でしか眠ることが出来ない嵯峨。ヤクザまがいの仕事をしている嵯峨は、身分を偽り国有財産を入札するため財務局の説明会に赴いた。そこで職員になっていた同級生・長尾と再会する。しかし身分を偽っていたことがバレ、口封じのため彼を強引に誘惑し、抱かれることに。その後もなし崩し的に長尾と身体の関係を続ける嵯峨だったが、そんな中、長尾が何者かに誘拐され…。

LYNX ROMANCE

ファラウェイ

英田サキ　illust. 円陣闇丸

898円
(本体価格855円)

祖母が亡くなり、天涯孤独となってしまった羽根珠樹。病院の清掃員として真面目に働いていた珠樹は、あるとき見舞いに来ていた外国人のユージンに出会う。彼はアメリカのセレブ一族の一員で傲慢な男だったが、後日、車に轢かれて息を引き取った。だが、なぜかユージンはすぐに蘇生した。そして、今までとはまったく別人のようになってしまったユージンは、突然「俺を許すと言ってくれ」と意味不明な言葉で珠樹にせまってきて…。

LYNX ROMANCE

狼《おおかみ》だけどいいですか?

葵居ゆゆ　illust. 青井秋

898円
(本体価格855円)

人間嫌いの人狼・アルフレッドは、とある町で七匹の犬と一緒に暮らす奈々斗と出会う。親を亡くした奈々斗は、貧しい暮らしにもかかわらず捨て犬を見ると放っておけないお人好しだった。アルフレッドは、奈々斗に誘われしばらくの間一緒に住むことになるが、次第に元気に振る舞う彼が抱える寂しさに気づきはじめる。人間とはいつか別れが来ることを知りながら奈々斗を放っておけない気持ちになったアルフレッドは…。

LYNX ROMANCE

お兄《にい》さんの悩《なや》みごと

真先ゆみ

illust. 三尾じゅん太

898円（本体価格855円）

美形作家という華やかな肩書きながら、趣味は弟のお弁当作りという至って平凡な性格の玲音は、親が離婚して以来、唯一の家族となった弟の綺羅を溺愛していた。そんなある日、玲音は弟にアプローチしてきている蜂谷という男の存在を知る。なんとかして蜂谷から弟を守ろうとする玲音だが、その矢先、長年の仕事仲間であった志季に「いい加減弟離れして、俺を見ろ」と告白されて…。

LYNX ROMANCE

英国《えいこく》貴族《きぞく》は船上《せんじょう》で愛《あい》に跪《ひざまず》く

高原いちか

illust. 高峰顕

898円（本体価格855円）

名門英国貴族の跡取りであるエイドリアンは、ある陰謀を阻止するために乗り込んだ豪華客船で、偶然かつての恋人・松雪融と再会する。予期せぬ邂逅に戸惑いながらも、あふれる想いを止められず強引に彼を抱いてしまうエイドリアン。だがそれを喜んだのも束の間、エイドリアンのもとに融は仕事のためなら誰とでも寝る枕探偵だという噂が届く。情報を聞き出す目的で、融が自分に近づいてきたとは信じたくないエイドリアンだが…。

LYNX ROMANCE

センセイと秘書《ひしょ》。

深沢梨絵

illust. 香咲

898円（本体価格855円）

倒れた父のあとを継ぎ、突然議員に立候補する羽目になった直人は、まさかの当選を果たし、超有能と噂の敏腕秘書・木佐貫に教育を受けることになる。けれど世間知らずの直人は、厳しい木佐貫から容赦ないダメ出しをされてばかり…。落ち込む直人を横目に、彼の教育はプライベートにまで及び、ついには「性欲管理も秘書の仕事のうち」と、クールな表情のままの木佐貫に淫らな行為をされてしまい…！

LYNX ROMANCE

薔薇《ばら》の王国《おうこく》

剛しいら

illust. 緒笠原くえん

898円（本体価格855円）

長年の圧政で国が疲弊していく中、貴族のアーネストには、ひた隠す願望があった。それは男性に抱かれ快感を与えられること。ある日、屋敷で新入りの若い庭師・サイラスを一目見た瞬間、うしろ暗い欲求をその身に感じてしまうアーネスト。許されざる願望だと自身を戒めるが、それに気付いたサイラスに強引に身体を奪われる。次第に支配されたいとまで望むようになっていく折、サイラスが国に不信を抱いていることを知るが…。

この本を読んでの
ご意見・ご感想を
お寄せ下さい。

〒151-0051
東京都渋谷区千駄ヶ谷4-9-7
(株)幻冬舎コミックス　リンクス編集部
「沙野風結子《さのふゆこ》先生」係／「乃一《のいち》ミクロ先生」係

リンクス ロマンス

幻馴染み～荊の部屋～

2013年12月31日　第1刷発行

著者……………沙野風結子《さのふゆこ》
発行人…………伊藤嘉彦
発行元…………株式会社　幻冬舎コミックス
〒151-0051　東京都渋谷区千駄ヶ谷4-9-7
TEL 03-5411-6431（編集）
発売元…………株式会社　幻冬舎
〒151-0051　東京都渋谷区千駄ヶ谷4-9-7
TEL 03-5411-6222（営業）
振替00120-8-767643
印刷・製本所…共同印刷株式会社
検印廃止

ISBN978-4-344-83001-1 C0293
Printed in Japan

幻冬舎コミックスホームページ　http://www.gentosha-comics.net